GOAL！

古永信 著

GOAL！
作者／古永信
總編輯／馬鎮梅
責任編輯／賴百樂
美術設計／何家輝
出版發行／突破出版社
香港沙田亞公角山路 33 號突破青年村
電話：2632 0000　傳真：2632 0388
電郵：breakthrough@breakthrough.org.hk
網址：http://www.breakthrough.org.hk
http://www.btproduct.com
承印／陽光印刷製本廠
2012 年 6 月初版 1 刷

GOAL！
by Koo Wing-shun
First Printing, First Edition, June 2012

ISBN 978-988-8073-60-3

誠邀閣下就突破出版社的書籍發表意見。
請登上 www.btproduct.com/book，在「讀者回應卡」頁面內填寫。謝謝。

歡迎加入突破書籍 Facebook — http://www.facebook.com/btbooks

本書採用環保油墨印刷

飛翔專號

Round 3 最佳拍檔

Round 4 抖擻再戰

樱子

六年前……

旺角麥花臣球場，是一處踢街頭足球的地方，當中臥虎藏龍，什麼「旺角卡卡」、「麥花臣 C 朗」、「油尖旺泰利」、「東九龍美斯」……無論是自封的諢號，抑或互相的吹捧，他們多少都身懷令人欣賞的球技。

惟獨是他，沒有人會為他配上某些「山寨版」球星的稱號——因為這種戲謔的恭維，對他來説，簡直是一種侮辱！只要看過他踢球的人，無不認為這個年輕人的舞台，肯定不會是麥花臣球場，甚至是觀眾零落的香港聯賽，而是更遠更厲害的國際足球世界……

「哎呀，老總有沒有弄錯？這只是尋常不過的業餘球賽，竟然也要我跑來攝影，難道真的以為我清閒得沒事幹嗎？」一個男子背着如龜殼般笨重的背包，邊説邊瞪着同行的另一男子。

「昌哥，別生氣！我當記者的日子尚淺，攝影技巧不佳，假如沒有你這位資深專業攝影師襄助，我肯定沒有『靚相』交給老總。」同行的男子恭恭敬敬的説。

這番充滿恭維的説話，果然紓緩了昌哥凌厲的眼神，他勉強裝出一副滿不在乎的模樣，淡淡的説：「我不是要向你擺起老行尊的架子，阿翁，拚搏是應該的，但都要懂得分輕重，這些屬於雞毛蒜皮的採訪，你要學習自己處理，總不能仗着有我幫助……」

「不不不！」阿翁打岔道：「這場『東南海杯』的決賽很重要，不僅所有『行家』也來採訪，而且據聞中超（中國超級聯賽）的廣州隊，也專程派員觀看這場比賽。」

「不是嘛……只是一場業餘的七人賽事，大家竟然這麼重視？」昌哥被背包壓得衣領一高一低，他揚起手背，揮走凝在額角的汗珠，跟着有意無意地把濕漉漉的手搭在阿翁的肩膀。

阿翁突感一絲噁心，他強裝從容：「哦……因為這場賽事有位『超新星』出現。」説時暗暗瞟向自己遭殃的肩膀。

「『超新星』？沒那麼誇張嘛，香港還有懂踢球的人嗎？」昌哥一臉不屑。

「不不不！這個小伙子真的很厲害！才十六歲，便已經率領自己的學校奪得兩屆學界冠軍。兩個月前，香港能夠打進『亞洲中學生足球錦標賽』四強，亦全賴他為球隊取得六個入球！還有，在這次『東南海杯』的比賽中，他連入三球，把由多位甲組球員組成的傑志踢出四強……」

阿翁如數家珍地述説這位『超新星』的威水史，昌哥不太在意，他背着重甸甸的攝影器材，一步一步的走到球門後，張開掛在背包後的小摺椅，再徐徐的卸下背包，取出相機和鏡頭，組裝成每個從事體育新聞的攝影師，都必然擁有的一台專業相機。

「跟你説，我只會拍兩張照片，之後便返報館，不要指望我會跟你傻呼呼的待至比賽完畢。」看着昌哥叼着未燃點的香煙，擺出一副架子，記者新丁阿翁只有唯唯諾諾的點頭。然而叫昌哥意想不到的是，他才坐下不久，竟發現幾位資深的攝影行家，也到來拍攝這場毫不重要的賽事。

當球員陸續從濕滑的更衣室走出來時，數十台鏡頭即朝向一個身材高大、瘦削，皮膚略為黝黑的年輕人。昌哥看不清他的樣貌，便以相機的遠攝鏡充當望遠鏡，瞇起一隻眼睛望向他——發現這個年輕人的雙腿結實而修長，猶如一匹能疾走千里的野馬，面上流露從容卻不輕佻的神情，確有一點球星的風範。雖然沒有少女的吶喊尖叫，但一羣原本只在觀眾席上乘涼的大叔，這刻竟爭相挨近看台前的鐵欄杆，伸出半身，盡往外探，為的只是從那小子身上，吸收在香港球壇久違了的足球靈氣。

「嘿，大家的反應未免太誇張吧，怎麼——」昌哥話未説畢，已見身旁的攝影行家，舉起手上的相機，像戰場上的士兵瞄準目標，當那年輕人觸碰皮球的一剎那，「咔擦咔擦」的快門聲更在昌哥的耳邊此起彼落……

「防住他！防住他！」

「不要讓他推入禁區！」

「擋在他前面，他可能會施以遠射！」

「小心他的傳球！」

對手顯然也知道年輕人的可怕之處，甫見他控球在腳，已猶如在鬧市中遇上獅子般，慌忙地在後場互相提點，卻愈點愈亂。

年輕人仍是一派輕鬆，抬頭望着對手，他們似是實驗室內不知往哪裏跑的果蠅，希望尋找有利的布防位置，而年輕人果真像一頭君臨天下的獅王，把皮球稍為向前推進，自己則踏前一步；發覺對手沒有人敢迎上來，又推前多些，他臉上的從容與對方的焦亂，構成戲劇性的對比。眼看年輕人以信步深入陣地，對手的一名守將終於按捺不住，咬緊牙關的拔足上前攔截，他的球衣如張開的船帆，在風中直往前衝；年輕人亦以雙腿作回應，迎着對手大步加速，雙方快要碰個正着，不可思議的事情便發生了……

「什麼？那……小子是幽靈嗎？他引着皮球不閃不避，直接穿透對方的身體？」昌哥的嘴巴良久也無法合上，但身旁的阿翁彷是一個看慣了靈異怪象的傢伙，輕鬆地說：「其實他經常使用這招，可是大家還是防不了他！」阿翁瞄到昌哥臉上的疑惑絲毫沒有減退，才急忙補充說：「噢！對，我第一次看到這種盤扭技術時，也像你這般驚訝！他當然沒有穿透別人身體的能力，只是他與對方守將在最接近的距離時，以最少的幅度擺動身體，盤扭避開對方的攔截，或許他的動作實在不動聲色，才會有硬生生穿透對手身體前進的錯覺。」

「你當我是笨蛋嗎？我當然知道他不是真的有什麼特

異功能！」昌哥冷冷的抛下一句，眼睛卻死盯着球場上各人的一舉一動，此時只見2號與6號兩名守將從禁區衝出，年輕人沒有硬闖，而是沿着邊線引球疾走。

「好極，這正合我的心意！把他逼至邊線範圍，把他的攻擊力減至最低！」2號心裏盤算，眼睛移向與他合作多時的6號，6號已像一枚巡行導彈在球場的石矢地上飛行，從後截擊，2號亦在前方包抄，另再有兩名守將從橫而至，似乎要堵死對方的去路。

「嘿，你還說他怎樣了不起？竟然把球引到死胡同，這小子的足球智慧大概也不會太高！」昌哥吐下幾句刻薄的評價，但阿翁依然定睛於球場，似是靜待煙花盛放的一剎——

從後掩至的6號率先出擊，一股勁兒趨近年輕人的身旁，以其寬厚的肩膀向對方一傾，藉着跑動的助力，引發出強大的撞擊力量。年輕入顯然受不了這次「合法衝擊」而往前傾。2號似乎計算到對手在力量上稍為吃虧，故此他早已趕在年輕人跟前作夾擊。年輕人歪着身子，踉蹌向前，但皮球在他們之間像設下了魔法屏障，6號等人即使連番探腿抄截，亦每每差之毫釐，落空而回。

眼看隊友已作前後包抄，仍然無法自搖搖欲墜的對手搶得腳下球，這時剛趕到的兩名守將立時成為一道自動閘門，狠狠把生路關上。年輕人洞悉他們的防守用意，仍然不傳球給隊友，他急急往前一瞄，發現 2 號與邊線之間還存有一絲空隙，便使勁一晃，希望從這空隙中強行突破。

「什麼！他想在這麼狹窄的空隙硬闖？」2 號腦海裏閃出驚愕，身體下意識的微微向右一靠，希望堵住這漏洞，然而就在他把身軀往邊線擺向的一刻，卻見到年輕人竟咧嘴而笑，又突然拐回 2 號晃出來的錯腳位空檔——

「糟糕！中計！」2 號立即意識到年輕人使用「假身」步伐，但他趕不及回身，此刻感覺如從天台躍下般，即使後悔，卻已恨錯難返。

在眾人圍堵之下，竟還能讓年輕人晃出一道缺口，其餘三人也顧不上那麼多，紛紛探腿，誓要截下他的腳下球。年輕人的隊友好整以暇，以信任的眼神支持他盡情發揮。本來以腳尖引着皮球的年輕人，其右腳突然往球面一搓，踏地後反轉為重心腳，再以左腳背輕輕把球往前一挑，不僅轉過身來，以背部頂着 2 號，還令守將的伸腿抄截完全落空。年輕人的右腳跟使勁一蹬，竟如羚羊般一躍向前，皮球又乖乖的黏附在自己的腳邊，對方的守將登時亂成一片，到他們回過神來，想再嘗試咬緊牙關，拚命趕上，但已被年輕人甩到老遠……

「瘋狂！」

「有病！」

「怎麼可能？」

「他是鬼魂嗎？明明已有四個人圍着他，怎可能都被他統統成功地盤扭？」

觀眾席上傳出連串驚歎聲之時，年輕人已引球疾走至禁區邊緣，其隊友尾隨他，靜觀其變。他一直緊守禁區角的隊長已張開大字形的防守姿態相迎，但年輕人全不在乎，直衝過去。隊長的雙眼一直盯着他的腳跟，免得誤中對方的假身干擾。就在皮球滾到自己跟前不過一尺之遙，隊長專注地將全身的力量，凝聚在自己的右腳尖，希望在皮球溜到身邊的一刻把球挑走——

「機會來了！」隊長準備使出迅雷不及掩耳的奇速戳向皮球，就在隊長的腳尖與皮球的距離只有毫釐之間，年輕人的左腳腳踝突然往內一扣，皮球像彈珠般急急的往右方撞去，但它並沒有飛到老遠，而是剛巧碰到年輕人的右腳內側，像落在磁鐵般，穩穩的黏附着——當然，觀眾看到的，只是隊長被一晃而過的窩囊相，卻留意不到年輕人那驚人的運動神經。

「啊——」隨着一聲嘶叫，一襲黑色長袖衫褲、把守最後一關的門將，散發着一夫當關的應有氣勢，他猶如一隻熱帶雨林中的大蜘蛛般，直撲向年輕人的雙腳。相反年輕人散發的靈氣看來卻瞬間消失，為了避開門將的撲截，他竟然漫無目的把皮球一送。門將見自己出迎的氣勢把年輕人震懾，顯得更有自信，心想隊友肯定能輕易解圍，可是當朝向皮球滾動的方向一瞟，他的面容頓時僵住了——原來對方的四位球員，已佔據在完全不設防的禁區內，守在他們面前的，就只有空無一人的球門……

觀眾席霎時響起熱烈的歡呼聲，誰也沒興趣留意哪位隊員把皮球送進空門，他們只是不斷與身旁素不相識的球迷，讚歎這年輕人如魔術般的球技——

「這小子可能是自五、六十年代足球巨星姚卓然和張子岱之後，我見過最厲害的球員！」

「不！他比姚卓然全盛時期還差了些，但應該比張子岱好一點。」兩位看來極資深的體育記者逕自在喋喋不

休，同坐的幾位年輕記者亦搭訕道：「嘩！什麼姚卓然、張子岱？他的踢法簡直像極世界足球先生的阿根廷美斯！真的沒想過『香港波』竟有這麼厲害的人！」

「哈，你們這些小子沒見識，香港在五、六十年代被稱為『亞洲足球王國』，足球水平比你們想像高很多……」

昌哥剛才還認為阿翁只是過分吹噓，但此刻已被年輕人每個動作的影像佔據了腦袋，過了很久，他仍是呆望着禁區……

「哈哈，昌哥，怎麼樣？我早就説過這個年輕人不簡單！」阿翁見他沒回應，便拍了拍他肩膀，此時昌哥才似解了邪術而突然醒覺般，他不斷推着阿翁，反複的説：「『好波』！真是『好波』！那人究竟是誰？究竟是誰？」

昌哥問得逼切，阿翁依然在賣關子，他身旁的一位資深體育記者回頭搭訕：

「元峰，他叫戴元峰！記着他！我肯定，他是一個為足球而生的天才！」

Round 1
天才殞落

六年後……

「X──」

球場上，響起次數最多的，往往是一個兒童不宜的粗鄙單字……

「這『廢柴』究竟是誰？沒帶腦袋和眼睛嗎？在這個位置施射？還遠離目標！」一個年約三十歲、髮線略呈M字型禿頭的球迷氣沖沖地說。

「喂！『廢柴』還需要名字嗎？『廢柴』就是『廢柴』！我連那些甲組球員也未必能一一認清，何況是預備組的『跑龍套』？我倒想知道，平日甲組聯賽不是『雙料娛樂[1]』嗎？怎麼這趟首場是兩支預備組比賽，而不是別的甲組隊？」同坐那束起一根馬尾辮子的友人亦滿臉不悅地說。

至於坐在另一旁，與他倆同行的人，其中一個凝視着球場，半晌以後，他突然驚訝的拉高嗓門、指着那個剛才被眾人所罵的年輕球員：「我記起了！是他！早年我當體育記者的時候，他被視為香港近數十年難得一見的『超新星』，那時還有傳聞中超球隊向他招手……」

「哈哈哈……你別胡謅吧！阿翁！你去了外國讀書及工作也有五年時間，要是他如你所説般厲害，就不會至今還留在預備組，更是一個球技如斯差勁的預備組球員！」M額男嘲諷地説。

「咦？不對！説着説着，我也有點印象呢……」馬尾男突然拍拍自己的大腿：「他叫戴元峰嘛！很多年前我看過一場比賽是南華對傑志，當時報紙還大肆宣傳南華一位十六歲小將，稱他作『香港朗尼』，我還記得那次比賽，果真吸引到超過4,000個觀眾入場呢！但過了不久，這人便銷聲匿跡，想不到他還在踢球，且是踢預備組的！」

阿翁沒參與友人極盡揶揄的討論，只是望着那個被數十名觀眾以一輪粗言穢語怒罵後，依然拚死纏着對方球員的元峰。阿翁替他傷感，細看之下，元峰比六年前更高大、更健碩……可是愈看愈覺得難以辨識——他年少時不是在麥花臣球場憑着貓兒般的身體協調能力，完美地盤扭甩了五人，再為隊友製造射空門機會的足球天才嗎？怎麼眼下的他，盤扭技術不僅粗糙，更淪為仗着體格和力量與對手周旋的平凡工兵？

被對手以高速從邊路突破，元峰依然擁有不凡的速度，才跨了兩、三步，就縮減了雙方的距離。元峰作勢以肩頭往對方 7 號球員一靠，身材比他矮小半個頭顱的 7 號，就在快要被元峰碰過正着時，以腳外襠扣住了皮球，使其急停下來。元峰沒料到對手的突變步法，撲了個空。7 號乘元峰的身體往前的一刻，改變了推進路線，把球橫推一步，便輕易帶皮球從他的身旁拐過。元峰勉強止住了腳步，跟着奮力回身追纏僅咫尺之遙的 7 號，再施以肩頭撞擊。這次 7 號趕不及避開，硬生生的被撞得人仰馬翻。元峰截取皮球後，立時抬頭張望隊友在場上的走位和分布，將要把腳「拉弓」長傳給邊線隊友作反攻之際……

「咇——」

突然間，球證的鳴笛聲在球場響遍，本來雙腿肌肉正膨脹欲裂，準備運勁傳球的元峰只好鬆下來。他忿恨的瞪着跑過來的球證，只見對方停在倒地的 7 號身旁、指着南華的半場時，元峰確認自己被吹罰，便忍不住迎上前，俯視着同樣比他矮小半個頭顱的球證問道：

「又是吹罰我？我以肩頭撞開他，是合法衝撞！」

「唏！『天才』，夠了！冷靜點……」元峰的隊友阿強刻意拉高嗓門說。

「天什麼才！你說這話是什麼意思？有種的就再說一遍！」

阿強毫無懼色，反唇相譏：「不叫你『天才』，那該叫你什麼？以前不是人人都叫你天才嗎？『天才』，我拜託你，別給我們帶來麻煩，滾到一旁吧！」

元峰按着怒氣沒理會他，繼續跟球證爭辯：「我哪有犯規？我哪有犯規？」或許球證被元峰的惡形惡相所嚇，慌忙退後幾步，就像一個突然面對賊子拒捕的警察。球證定下神來，立即從口袋中拔出黃牌，「指嚇」着元峰。元峰的眼球瞪得要凸出來似的，那種被冤屈的憤怒，看來要把球證生吞活剝才能平息。隊友見他猶如一頭快要不受控制的猛虎，便立刻撲前，在他與球證之間，隔起一堵人牆，免得他的情緒進一步失控，惹來球證出示紅牌驅逐離場……

經過一輪擾攘，元峰好不容易才平復情緒，一位隊友卻拍拍他的肩頭，他回頭只見隊友指向場邊，那位專責更換球員牌子的第四旁證，高舉着「16」、「11」的牌子，而那位 11 號隊友，則不斷地作原地跳躍的熱身……元峰垂頭望向自己褲管印上的 16 號字樣，繼而望向球場的大鐘，顯示上半場 36 分鐘。他，雙眼失去焦點，一步拖着一步，從觀眾的視線中，退到場邊，呆呆的瑟縮在後備席的角落。

「真是浪費換人的名額！又是半場沒完結便換他出場。既然如此，何必給他入正選呢？」阿翁望向身後説話的人，長長的觀眾席只有一個阿伯。阿伯以為自己的見解得到認同，便繼續説：「這個人經常如此，不是踢得不見蹤影，就是踢法兇狠『惹火』，教練也不得不換他出場。我記得他小時候，球技真的很棒！想不到現在愈踢愈差勁，真沒用！」「真沒用」三個字，沒聽出半點憤怒，反有淡淡的惋惜。

阿翁禮貌地虛應了一會，視線再投回球場上，但他已沒心神細看球賽，大概只意識到球員在他的視野中晃來晃去，還有不知是什麼原因鳴起的哨子聲……

「唏！還坐着幹嗎？這場沒趣的比賽都已完結，去買點東西吃，下一場比賽很快又會開始啦。」同行的 M 額友人拍拍阿翁，他終於回過神來。望着計分牌顯示 0 比 0，

阿翁才明白為何沒有歡呼或起鬨聲，把他從呆滯中喚醒。他沿着觀眾席拾級而下，望向南華的後備席，發覺元峰已不知去向了，卻見到從前當記者時熟稔的雄哥，便上前跟他相認。

「雄哥！雄哥！」

正在球場邊控球自娛的雄哥循聲音張望，發現一張眼熟的臉，凝住一會後才慢慢地從機械式微笑，轉而露出重遇舊友的燦爛笑容。

「咦？翁仔，很久沒見呢！剛從外國回來？難得你有這份閒情來看預備組的賽事啊！」

「哈哈，來探望你嘛——」阿翁説罷，也覺得這話太過虛偽，便立刻轉換話題：「雄哥，你還在當預備組的教練嗎？」

雄哥哈哈一笑，眼角綻出數條魚尾紋：「那當然啦，我這副『老波骨』，不當教練還有其他事做嗎？」雄哥的自嘲並沒有無奈之感。事實上這個年頭，願意花錢組織球隊的班主愈來愈少，他已五十餘歲，能有一支預備組作為他棲身之地，委實不錯。

曾經當體育記者年多的阿翁，怎不明白這道理？他點頭微笑，然後往球員通道張望：「咦？我剛才見到隊中那位 16 號球員，是不是戴元峰？」

雄哥聽到阿翁提及元峰，呼了一口氣，略帶惋惜和無奈：「是，是他。」

「真是他？想不到他仍留在預備組，年輕球員太早被吹捧果然不一定是好事。」阿翁由衷歎息道。他知道香港球壇中有不少潛質優厚的新秀，或因未紅先驕，或生活太清閒，抵受不了花花世界的引誘，還未在球場嶄露頭角，已迅即成為明日黃花，從觀眾的視線和記憶中消失……

「算是我們跌眼鏡吧！」雄哥搖頭歎道：「他的情況叫人難過，如果他像現今的年輕人輕言放棄還好，偏偏這小子十分執著，表現愈是不好，便練習得愈苦，我猜他這刻是在更衣室做掌上壓，作自我懲罰吧！」

阿翁愈聽愈不明白：「他這般勤力？但他十餘歲時，明明是難得一見的天才，為什麼六年之後，不但沒有任何進步，反而淪為預備組球員？」

雄哥再歎道：「我也不知道，或許是上天突然沒收了他的天賦吧！」

阿翁有點摸不着頭腦：「噢！雄哥，怎麼你的話說得這麼玄？」

「哈，事實確實如此。自從元峰加入南華，我就覺得他的天賦，被上天一點一點的沒收！」雄哥正色續道：「當初他加入南華時雖然只有十六歲，但領隊已派遣他正選上陣。起初他的表現不錯，經常可以獨個兒盤扭數名對手，為隊友製造入球機會。他用心練習，練就強壯的體格，可是不知怎的，他愈是努力，狀態卻每況愈下！其實球隊上下也很關心他，為他進行心理輔導啦，為他制定特別訓練啦，甚至嘗試改變他出場負責的位置……結果，他由前鋒轉踢中場，由中場轉當後衛，再從後衛變成後備，到了最近兩季，按他的水平，只能把他安排在預備組賽事……」雄哥娓娓道出元峰這幾年的足球歷程。

「竟然愈努力愈踢得差勁？怎會有這種奇事……」阿翁實在不明所以。

雄哥笑說：「唏，不要老是說些不快的事情吧！沒見這麼久，待會比賽完結後，我們再到球場附近那間茶餐廳相聚吧！啊，對了，回港後你打算到哪兒『發財』？」

「哈哈，做回『老本行』，當體育記者。」阿翁答道。

1 「雙料娛樂」是指早年香港足球總會，因應球市低迷，為了增加入場人數，便改為同一天內，於同一場地舉行兩場甲組比賽，觀眾只需付款一次。

人間兵器

阿翁很快便找到體育記者的工作，在報館主責採訪本地足球的新聞，對他來說，自然是駕輕就熟。

作為一個本地足球記者，發掘新聞可謂難題。因為在這個冷清的香港球市中，不是每天也有具價值的足球新聞可供採訪，所以記者們不時會觀看甲組球隊的操練，與教練和球員寒暄，看看會否有些點子，盼望能發掘一些「交差」的題材。

在這個沒有任何新聞的一天，阿翁踏上頗為陡峭的加路連山路往南華會球場。他稍稍喘着氣進入練習場，見到球員正努力練習，卻發現一個行家也沒有，好生奇怪之際，再看看球場內的陌生面孔，一臉稚氣。阿翁暗叫不妙——「難道這是預備組的練習時間？」

此時正在指導球員踢練習賽的雄哥，望見阿翁迷惘地站在場邊，露出幸災樂禍的神情，面上堆滿蠱惑的笑容走過來說：「咦？翁仔，為什麼你會在這裏出現？現在才中午二時半，是預備組的練習時間，甲組隊是三時開始練習，莫非你聽錯了球隊的練習時間？」

阿翁抓抓頭，尷尬地傻笑：「哈哈，無所謂吧！順道看看南華新一代的後備力量是怎樣嘛。」閒聊之際，阿翁意識到球場那邊，一陣流彈般的急勁從視野的盡處掠過，緊接着一下淒厲的慘叫聲。他側頭望去，看到皮球剛重重擊中一人，只見那受害者倒在地上輾轉，雙手死命的按着臀部破口大罵：「戴元峰，你肯定是故意的！你這老不死根本是針對着我！」元峰沒有一絲歉疚，卻在得意地獰笑。

「嘩，可怕……」聽到阿翁的低吟，雄哥笑說：「對呀！我們預備組的操練，要時刻保持高度警覺！不過元峰這台重炮，老是像『自動導航』般，衝着阿強發射。」

阿翁失笑道：「哦，是什麼意思？」

「這真是一個科學也難以解釋的現象！」雄哥的口吻充滿神祕：「元峰的射門準繩度極低，但不知怎的，命中阿強的成功率卻出奇地高！不只一次，元峰能夠取得入球，都是拜『省』（踢）中阿強，繼而改變方向所賜。當然，大

部分的情況是球沒進，只見阿強中球後便跪地不起……」

「這麼神奇？」阿翁覺得難以置信：「那麼他倆一定是場上的『好搭檔』啦！」

「哈哈，本來應該是這樣的。」雄哥冷笑：「不過元峰和阿強更似是天生的死敵，整天吵吵鬧鬧，真教我頭痛呢。」

阿翁應道：「聽你這麼説，我倒放心，至少他的重砲射門是有針對性的，其他人不用擔心……」話才說了一半，雄哥打岔道：「咦！你這樣想又錯了，上季有趟甲組隊跟預備組踢了一場練習賽，有位站在底線近角球旗的記者，因為只顧着拍照，沒留意元峰在中圈抽射，結果皮球硬生生打在他的胸口，當場昏厥。後來證實他有兩條胸骨斷了，休息近一個月！」

「什麼？」阿翁的神經立時繃緊。

「總之凡是見到元峰，就一定要聚精會神，把自己當成戰地記者就好了。」雄哥打趣道。

阿翁陪笑幾聲，然後正色道：「不過這足見元峰具有潛質，射門的準繩度可以慢慢鍛煉，單看他那遠射球速和力量的天賦，絕不比國際上任何一位重炮手遜色。」

「待他找到球門的位置才稱讚他吧！如此沒準的射門，就算為己方解圍，有時也會幫倒忙。唏，暫不跟你談，你自便吧，可以的話，幫忙宣傳一下我們的預備隊就最好啦！」雄哥一邊緩緩的返回球場，一邊向着中場的球員引吭呼叫：「攔截要硬朗一點！你是『娘娘腔』嗎？」

阿翁注意到在這場分隊練習賽中，元峰的年紀明顯比其他隊員大，汗水隨着每一個動作，從髮鬢撥出來——「雄哥説得對，這個元峰，即使在練習時也比其他人賣力，所流的汗水亦遠超過其他人……難得這位年輕人全心全意投入足球之中，但竟然愈踢愈糟糕，上天給他開玩笑，也未免大了一點吧！」

雖然阿翁對這位突然失去了天賦的元峰，寄予無限的同情，但這樣的一個失敗者，無論編輯以至讀者，都沒興趣看他的故事或專訪，所以他沒準備拍攝或作任何訪問。

預備組的練習時間快完結前，一位穿上全副西裝的男士，緩緩的走到球場旁邊。雄哥遠遠地看到他，亦立時朝他致以敬意的眼神，而一眾年輕球員亦忽然表現得特別賣力，無論攔截和進攻都咬牙切齒，彷彿要噬出無窮戰意。西裝男士看了一陣子，向場內的年輕球員拍掌以示支持後，便逕自走向有點殘舊的觀眾席坐下。練習時間結束，大家迅即湧向場邊的大冰箱前，擠擁地取出冰凍的飲料，急不及待將飲料大口大口的灌入喉頭，然後互相嬉笑作弄。

「雄哥！」蹺起二郎腿的西裝男士待大家稍作輕鬆後，突然在場內喊了一聲，各人怔怔地望向觀眾席，而雄哥則三步併作兩步的走過去，坐近西裝男士身邊。從遠處看去，西裝男士雙唇顫動，雖然不知他在說什麼，雄哥呆呆的望着眾位球員，忽然面色一沉。過了半晌，西裝男士動身就走，雄哥尾隨，大家對他倆的古怪行徑摸不着頭腦時，雄哥神色凝重，向元峰拋眼色，說：「你跟我過來吧！」元峰乖乖的跟着他倆。

認真便輸了？

西裝男士大步的走在前頭，引領雄哥和元峰往體育會餐廳內的一個僻靜角落，隨和的問：「想喝點什麼？」

雄哥搖頭，全身汗濕的元峰則選了可樂。侍應把一隻滿載了冰粒的玻璃杯，和一罐不斷凝出露珠的冰凍可樂，輕輕地放在元峰的面前。西裝男士稍稍拉直了西裝的衣襟，便開始正色道：「元峰，你進了球隊多少年？」

元峰把可樂倒在杯中，淡淡的說：「也有五年吧。」

「不，是六年才對，我的記憶力似乎比你還好呢！」西裝男士抖抖眉毛，笑道：「六年了，你怎樣評價自己的足球員生涯？」

元峰沒有接話，只是攪動杯中的冰粒，望着杯中泛起的氣泡及旋渦……想起這六年間，他怎樣從一個驚世天才，到現在掙扎於正選與預備組球員之間，徘徊於坐冷板

凳之上的種種片段，亦全被攪動起來。

「梁先生，元峰很賣力，也吃得苦，是很難得的年輕人⋯⋯」雄哥搶着說。

「我當然知道。」梁先生端起咖啡杯，呷了一口，杯子遮掩着他的面，叫人猜不透他的想法。他輕輕放下杯子，說：「只要我有時間，總會親自來觀看大家的操練情況，所以不論是甲組抑或預備組，我十分清楚大家的表現——我確實很欣賞元峰對足球的專注和認真的態度。」

元峰微微的抬起頭，向梁先生輕聲地道謝。

「可是你有否想過，除了足球之外，還有什麼事情想做？」他這句話，再次使不安的氣氛蔓延。雄哥插口道：「不，梁先生，這小子真的很賣力，應該仍有可為⋯⋯」話才說了一半，梁先生輕拍雄哥：「我說過早就知道元峰是個勤奮的年輕人，這次我純粹以長輩的身分，與他閒聊罷了。」說時望向元峰，等他回應，元峰感到窘困。

「我沒想過這些問題，我只關心踢足球的事。」元峰結結巴巴的說。

梁先生慈祥地笑說：「足球生涯畢竟有限，你無法把踢足球當成終身職業，該及早為自己的前途打算！噢，你有沒有想修讀什麼課程？如果經濟方面有問題，不打緊，你隨時可以跟我談。」

「不是錢的問題，而是除了足球，我還真的想不到有什麼別的事情可做。」元峰顯得有點不耐煩。

梁先生略帶無奈，但仍循循善誘：「不打緊，你才二十二歲，現在開始為前路打算，絕對不遲。」梁先生頓了一頓，怕元峰不明白，他吸了一口氣又説：「你已經很努力，但你現時的狀況，我實在於心不忍……別以為我是想開除你，只是若然發現『此路不通』，為何不早點計劃自己的前路？」

「梁先生，你説『此路不通』，是指我根本不適合當足球員？」三人面面相覷，陷入沉默之中。元峰知道，二人的沉默無聲，是他們最明顯的答案。

「我是一個天才，不是嗎？」元峰凝視着那杯可樂：「六年前，你們都説我是個足球天才；報紙不斷的把我寫成是可以成為拯救香港足球界的球星……是你們把我吹捧成一個為足球而生的人，今天你竟然告訴我『此路不通』？」雖然元峰的語調平靜，但每字每句，都撼動着梁先生和雄哥，一時間不知如何回應。

「我信任你們，我由甲組隊的正選前鋒，一直被貶到預備隊後防，差點連個位置也沒有，即使我多懷疑自己，仍然信任你們。只因你們這羣足球專業人士，把我高高的捧到天上！所以我很努力練習，即使表現多糟，仍沒有放棄。當我將六年青春全押上，除了足球，什麼也不會做時，你倆竟然反過來勸我要為將來打算？這究竟是什麼意思？」元峰按捺不住，右手不由自主一揚，恰巧打翻那杯可樂，汽水與未完全融化的冰粒在桌面蔓延，直湧向梁先生和雄哥那邊。二人狼狽的往後退，避開汽水的沾濕，也希望避開元峰由絕望爆發的憤怒……

梁先生掏出紙巾，把在桌上蔓延的可樂止抹住，他以平和的語調說：「峰仔，我欣賞你對足球的熱誠，但你此刻的困局，不單關乎你的足球事業，還影響你的前途，即使令你感到不是味兒，我仍希望你早日思考這個問題。老實說，如果你想轉換環境，我可安排你轉隊，甚至讓你嘗試足球以外的發展；當然，若你繼續堅持，也歡迎你留下！」

元峰的心臟噗通亂跳，他僵直的坐在椅上，未能接上半句話。此時梁先生站起來，走了兩步後，再回身慢慢地說：「細心想想，有答案時便找我談吧。」

Set Dinn

比下去

「答案？答案是—— 我只是一個被嫌棄的廢物！」

沒有表情的元峰，垂下頭來，從加路連山道走他的下坡路。他不喜歡到鄰近的地鐵站乘車回家，反而繞到老遠的海旁乘渡輪。希望海風吹走自己的失意與落寞？他沒有這般詩意，他考量的，除了交通費較便宜外，就是愛在渡輪上別過臉，不用面對任何人，讓他可以靜靜的對着跟前景一樣茫然的大海……

「咦？是你嗎？很久沒見呢！」元峰赫見一隻手在眼前晃動，他愕然，發現身旁坐着一位穿整齊西裙套裝的女子，面帶淡妝，還有嫣然的笑容，束成馬尾的頭髮，在海風吹拂下顯得格外搖曳，旁邊則擱着一個名牌的皮造公事包，一派「中環麗人」的漂亮模樣。元峰覺得她並不眼熟，從她的裝扮估計，或許是在街上兜搭生意的保險經紀，便冷冷的說：「真的很久不見，久得我應該從來也沒見過你……」

女子收起本來的笑意，狠狠的拍打元峰的手臂：「戴元峰，多年不見，你犯不着這麼高傲吧！」

元峰露出詫異神情，他努力挖空腦袋，也想不出眼前人究竟是誰。「噢，對不起，我真的忘了……」元峰微微的點頭，賠個不是。

「我是伍雪儀，你的中學……」元峰恍然大悟，打岔地應道：「哦！我記得、我記得——我們是中四、中五的同學嘛！不過你變了很多，霎時間認不出來……」

「喂！你即是說我的樣子老了很多嗎？」雪儀裝作板臉。

「不！當然不是……」元峰實在沒心情多說幾句，勉強擠出苦笑。

「唏，我不過是說笑罷了！」雪儀看元峰一身運動裝束，記起當年他在公開試前退學去當職業運動員，便隨意問道：「你現在還是……籃球員嗎？」

「不是籃球，是足球。」雪儀面露尷尬之色，元峰立時補上一句：「你記錯也很正常，反正分別不大。」

這些沒趣的對話，令二人很快陷入無語中，幸而船艙內吵耳的引擎轉動聲響，令氣氛不致過於沉靜。

「你還在讀書嗎？」元峰再次打開話匣子。

「今年畢業了，現時在保險公司當業務副經理，名銜動聽，職位卻很低。剛剛才跟客人會面，完了乘機提早溜走，哈哈！」雖然雪儀説得謙虛，但難掩因事業發展得不錯而不經意的自信。元峰順口多問幾個還記得名字的同學近況，才發現昔日那些同窗舊友，要不是成了老師、督察，就是繼續攻讀碩士課程，甚至自行創業……似乎，無一例外都踏上自己的青雲路。

雪儀看到元峰若有所失的表情，不期然想起當年他退學前，最後一日上課的情景——那天，學校竟然破天荒為元峰舉行了歡送派對，連電視台和報章的記者也來採訪，校長在熒幕前説什麼以元峰為榮，顯得眉飛色舞……那時，他就是一顆耀眼的明星，神采飛揚，跟眼前枯槁的落泊模樣，反差之大，實在教她意想不到。

「嗯……很好很好，大家都很好……」元峰反複的呢喃。

「沒什麼好或不好，各人也有自己要走的路，總之開心就夠了。」雪儀莞爾一笑，希望能稍稍淡化元峰釋放出來的無奈及怨氣，她轉談當年的班中趣事，果然減退了沉鬱和尷尬的氣氛，輕鬆的説着笑着，渡輪已泊上碼頭。

「其實我們一羣同學也常聚會，下週便相約一起到尖沙嘴海旁的酒店吃自助餐，是那間被米芝蓮評為三星級的食肆！你有興趣來嗎？」雪儀説。

元峰訕訕的問：「米芝蓮？很貴吧，收費多少？」

「不算貴，我用白金信用卡，有八五折！晚餐才不過四百多元，絕對超值呢！」雪儀樂乎乎的回答。

説着説着，見元峰面有難色，雖然她不知道是什麼原因，但也想像到言談之間，可能擊中了對方的死穴。雪儀忙説：「哈哈，那麼……你給我電話，輸入我的號碼……」元峰也乾笑兩聲，識相的遞上電話。

「你……近來好嗎？」雪儀躊躇了一會兒，出自關心，最後她還是問候對方。

「馬馬虎虎，仍是當一頭『波牛』，哪像你們，年紀輕輕已這麼了不起……」元峰露出苦澀的笑容説。

雪儀不禁皺起眉頭：「怎麼才沒見幾年，你竟然如此老氣橫秋？什麼『年紀輕輕』？難道你比我年長很多嗎？」

元峰抖抖肩膊，把要從肩頭滑下來的背包帶拉好，他淡淡的説：「你不會明白的，二十二歲的你，還有美好的前途；可是一個足球員，當二十二歲還沒有什麼成就，大概也……哈哈哈哈。」元峰再次乾澀的笑了幾聲。

雪儀在搖晃顛簸的船上拉着元峰的風衣，躡手躡腳的往跳板處走，説：「不用這麼『灰』吧！老實説，我沒留意足球運動，對你的情況並不了解，但我們還年輕，假如你認為當足球員不適合你，何不考慮轉行？或者再進修也可以嘛！別自怨自艾，覺得沒有出路。」

除了再度苦笑，元峰已不懂怎反應。一日之內，雪儀是第二位向他提出同一問題的人——自己是否應及早從這足球夢中醒覺？反正這六年來，他所做的，都只是一個噩夢。

「沒辦法，已走上不歸路了……」元峰無奈的説。

對於早已將精力和奮鬥目標全押在足球上的元峰來説，回頭，太難——因為離開了球場，他根本不知道還可以幹什麼。

Round 2
退出球坛

起跑線上

元峰每天的生活，猶如駕駛循環線巴士的司機，日復日的在球場和家中往返。那種驚人的規律和重複的生活，令他不管怎麼看，總欠了一點年輕人應有的活力。

這一天，阿翁到南華會觀看甲組隊練習時，在通往健身房的路上遇到元峰。「嗨，戴元峰，你練習完了？上健身房嗎？」

「對，反正練習後，還有時間，便多做一點器械鍛煉，兩天後便有預備組賽事，對方更是實力不弱的流浪，多點鍛煉也是應該的。」雖然元峰根本不知道阿翁是哪間報館的記者，但還是禮貌地應道。

「加油吧！」

「謝謝。」

阿翁看着元峰漸遠的身影，不知怎的，即使明知編輯

對這場預備組賽事不感興趣，他也決定要到場觀戰。

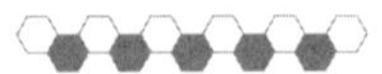

這場南華對流浪的賽事，安排在某個週日的中午時分舉行，場地只是由幾個足球場相連的跑馬地運動場，連較像樣的觀眾席也沒有，自然不會有球迷跑來觀看……充其量只有幾個練習長跑的人，在途經球場外圍的一剎那，順道張望場內的情況。故此雄哥見到阿翁的出現，便感稀奇，但因比賽已開始，兩人遠遠的交換眼色，就專注在球賽上。

「由我來！」元峰大喝一聲，奮力一蹴，夾着萬夫莫敵的氣勢，以大腳解圍，皮球剛好在阿強的太陽穴旁掠過，那攪動的氣流弄得他不寒而慄。他氣沖沖的朝向元峰咆哮：「你搞什麼鬼 ?! 又想暗算我？」

「我哪有 ?! 」元峰不忿應道。他自問真是無意瞄準阿強的，甚至一直以來，屢次擊中對方都純屬意外。然而當巧合接二連三，自然無法令阿強相信這是無心之失。

加入南華預備組才一年的阿強，十七歲，頗具足球天分，自詡天才的他猶如球隊中的「大哥」，對於年長幾歲但表現平平的元峰，有種説不出來的不屑；同樣元峰亦受不了阿強的目空一切。二人之間彷彿有一道難解難分的「引力場」——阿強的舌頭惡毒非常，總有辦法令元峰語塞；元峰則憑着科學亦難以解釋的「自動追擊阿強系統」，成為制衡對方氣焰的「合法武力」，在球隊內相生相剋。

「超仔，抄截他的去路！」元峰一邊提醒隊友布防，一邊踏着充滿戒備的碎步，不斷左顧右盼，後退至禁區邊緣大喊——「阿強！不要只顧追着控球者！」

對於元峰的「溫馨提示」，阿強慣性的充耳不聞，他明知超仔守住了去路，還是憋不住勁，死命追纏對方。那位流浪球員留着一把長髮，隨着他的引球疾走而散亂飄逸。

阿強瞄準角度，臥地一剷，皮球立時從長髮的流浪球員的腳下解放出來，「噗通噗通」的滾到別處。阿強有意無意的向元峰露出自鳴得意的笑容，元峰卻板着臉的嚷：「追球！」阿強和超仔往後一瞟，發現皮球竟已滾到流浪 7 號的腳下——他從容的將腳下球一拖一拐，引回球場的中央位置，二人已趕不及作出反應，元峰便如餓狼遇上獵物，嗜血的天性令他拚命的往控球者直衝過去。

「！」7號心中大驚，看着元峰失去常性的衝來，在忙亂之間，他能做的，就只有把皮球胡亂一撥。未及回身的元峰，眼見沒有隊友及時包抄，只好立時抽身，往皮球哪邊撲去，可是對方的11號較元峰更接近皮球，他咬牙切齒的衝向皮球，雙眼盯着球門。元峰冒起強烈的危機感，本能地往球門一看——

「糟糕！果然如此！他是瞄中門將的站位跟球門有些距離，想趁此『半空門』情況把球射進網窩！」瞬間11號已跑到皮球的跟前，高高的提起右腿準備抽射。元峰心裏只想到要不惜一切的阻止對方，他顧不了內心的恐懼，張開雙手，以圖增加自己的身體面積，擋住這記抽射。

球場內響起「啪！」的一聲，皮球重重地擊中元峰的肩頭，被重擊的痛楚反映在緊皺的眉心，瞬間又化於無形，元峰踏前一步，立時大腳把皮球踢到老遠……

「咇咇——」球證吹着哨子向南華的禁區跑去，並且一直指着遠處的地上，此時不僅元峰，就連南華的其他球員也心知不妙，他們立刻迎在球證面前，希望截停他的去路……這當然無濟於事，球證怒瞪元峰等人，各人莫不識趣地四散。最後，球證踏前兩步，堅定地指着被踐踏得有點模糊的十二碼位置。

「怎會是十二碼？是肩頭！我是用肩頭頂着皮球的！」元峰心裏極想狠罵球證的錯判，但他知道這樣做，只會換來進一步的懲罰，他氣憤得不斷拍打自己的肩頭，當作一種發泄。至於其他隊友則向球證苦苦哀求，可是球證依舊板着臉，以堅決的眼神回絕一切的求情。

連番的乞求也改變不了這決定，隊友便轉而以怨毒的眼神射向元峰。此時阿強刻意別過臉，冷冷的呢喃：「真是『累人累物』，無故令我們輸掉十二碼……」

這句壓在喉頭的怨言，元峰仍是聽得十分清楚。他內心像被燃點的石油氣罐，他怒瞪阿強，叫囂起來：「你説誰在『累人累物』？要不是你這個白癡只顧追着控球的球員，暴露出盲人也見到的防守漏洞；要不是你們在球場做夢似的，解圍出來的皮球又怎會一次又一次落在對手的腳下？現在輸了十二碼，你們不好好檢討，居然反過來怪責我！」

「怎樣了？以為大聲發難就行了？以為年紀大就可以『恃老賣老』嗎？一把年紀還在踢預備組也不害羞，現在還扮老大、扮天才？真不知誰的臉皮較厚！天才？嘿，應該是解作『天生蠢才』吧！」阿強誇張地擠眉弄眼，煽動元峰的情緒。

元峰氣得滿臉通紅，他緊握拳頭，指骨磨撞出「啪啪」聲。流浪球員對元峰等人無端引起的內鬨感到可笑，他們只管靜待球證吹響哨子，好讓他們能盡快施射這記十二碼罰球。

「你們究竟出夠洋相沒有？還為這些無聊事磨蹭！給我閉嘴，專注比賽！」平日慈祥的雄哥突然咆哮，那份震懾力果然管用，至少阿強和元峰之間的對峙，即時收斂了很多。

球證才吹響哨子，流浪的 7 號二話不說，提腿拉弓，想以出奇不意的抽射制勝。擔任門將的偉文，確被這突如其來的動作嚇得不知往哪裏撲救，只好憑本能盡量伸展四肢。7 號這記抽射，雖然迅雷不及掩耳，可是皮球沒有如他所料，直竄球門的右下方，反而是射往正前方，更要命的，是皮球居然不偏不倚的碰到偉文的腳脛，最後還反彈滾到阿強的腳下！面對這從地獄走回天堂的運氣，阿強不及細想，只以大腳往場邊一踢，看到皮球飛向隔鄰球場老遠，他才稍稍舒一口氣，然後特意跑去拍拍偉文的肩頭：「好球！幸虧有你守住最後一關，不然我們已被那位『老笨蛋』弄至先失一球！哈哈……」

元峰聽在耳裏，強把這口怨氣「骨嘟」吞下，不斷提醒自己專注球賽。可惜，憤怒與意志的角力，怒氣似乎佔盡上風，元峰失去冷靜，往後時間在球場上變成一頭蠻牛。儘管元峰不惜氣力在防線上狂奔，但大都是被對手的短傳弄得團團轉。

眼看元峰再次「如常地」被挑釁而失去自控力，在上半場還剩下四分鐘便完結的一刻，換出 16 號的牌子再次被高舉，元峰亦再一次失意地從球場退到後備席上……他被調換離場後，最後南華反以一比零擊敗流浪。

究竟這是第幾次？成敗的關鍵，總是源於他被調離場之後？元峰已經無法數算。就算這不是宿命，他也不得不承認，沒有他 —— 球隊會有較高機會勝出的事實……

「幸虧雄 Sir 明察秋毫，及早把那『瘀血』換出來，否則我們輸定了！」超仔返回更衣室後，愜意地仰坐在板凳上説。

「嘿嘿！超仔，你這麼説可不對了！」射入了致勝一球的阿強，一邊用剛脱下的球衣抹乾他濕漉得發亮的上身，一邊續説：「你沒看今期的《足球雜誌》嗎？這期介紹了全港首位被日本 J League 球會川崎前鋒青年軍招攬的麥浩雲，他在訪問中，提及他一直認為在球壇上最厲害的，除了球星美斯和 C 朗之外，就是他的表哥！但你們可知他的表哥是誰？原來正是我們鼎鼎大名的 uncle 元峰呢！」

「喂，你別瞎扯吧！盛傳日本足總也想邀請麥浩雲歸化日籍，好使他代表日本出賽，他的偶像怎會是元峰？這個笑話很爛呢！」隊友連番附和，索性把脱下來的球衣擲向阿強逗樂。

「我沒騙你們！嘿，今期雜誌我還帶着呢！」正當阿強伸手往背包取出雜誌時，一聲吼叫突然響起！

「夠了！你們這羣三八，究竟説夠了沒有！」元峰已達爆發的臨界點，他狠狠地揮拳，搥向衣櫃門，「轟」的一聲，震耳欲聾，竟然把門面擊出一個不規則的凹洞。「麥浩雲是我的表弟又怎樣？我年紀不輕又怎樣？不知所謂！你們這羣人真的不知所謂！」奪門而出的元峰，把餘下的怒氣，發泄在門前的垃圾桶上，他把垃圾桶怒踢至空中，翻了幾轉，最後剛好掉在踏進更衣室的雄哥跟前。

「喂！元峰，你上哪兒去？明天要早到半小時，到球場開會呀！」雄哥放盡喉頭叫喊，但元峰只是應了一聲「得了！」便頭也不回的跑掉了。

阿強聽到要早到半小時，反應大作：「不是嘛！今日才比賽完畢，明天還要提早練習？收買人命啊！」

雄哥一巴掌拍向阿強的後腦：「別胡說！川崎前鋒青年軍今日剛抵港，要作一星期的集訓，對方臨時邀請我們，於後天踢一場友誼賽。如果有人介意明天要早半小時回來，無所謂的，但我肯定會把他在正選名單中剔除……」

眾人知道可以跟來自日本的高手較量，都興奮莫名。阿強旋即賠笑：「哎呀，雄哥，說笑而已，難得有機會與 J League 球隊交手，莫說是早到半小時，即使要我凌晨到球場集合也絕對沒問題啦！」

再遇

「別這麼生氣，先喝點東西吧！」

元峰在更衣室外呆坐半晌，突然傳來一把聲音，他抬頭一看，竟是雪儀！只見她拿着一罐健康飲品遞給他，身上仍是穿着端裝的套裙，臉上掛上平日待客般親切的笑容。

元峰有點錯愕的點頭，稱謝後接過飲料，問道：「你怎麼會在這裏？」

雪儀正色道：「來看你的比賽嘛！」

元峰此時更感驚訝，正當他要認真回應時，雪儀才「噗」的一聲笑説：「哈哈，我説笑而已！剛巧約了一位客人在這裏，想不到你也在這兒比賽。」

「那麼你沒看到我差勁的表現嘛……」元峰苦笑問道。

「沒有！我只是見到你氣吁吁的坐在後備席上，還有

剛才滿腔殺氣的，從更衣室衝出來而已。」

元峰窘困起來，他隨便問道：「剛才的生意談得攏嗎？想不到你會在運動場見客呢。」

「做保險這行業，見面地點盡量遷就客人，沒辦法啦。」雪儀抿嘴笑說：「對了，那位客人跟你一樣都是踢足球，替自己雙腿買保險。他說當足球員容易受傷，保障又少，便額外購買保險。元峰，你有沒有興趣買一份？」

「說了這麼久，原來也是游說我買保險……」元峰說。

「對啊！做保險經紀，就要無孔不入，我跟新知舊友都會問這個問題，所以愈來愈少朋友了！」雪儀說時，露出朋友之間那種毫無顧忌的單純笑容。這種硬銷卻不失真誠和坦白，反令元峰感到自在，他笑說：「但我相信你一定賺到不少保單！」

「唉！沒辦法了，我的臉皮已煉成如輪胎般厚。真想不到，讀書時，常被你們那幫男同學取笑，說我像個自閉女孩，今日卻無時無刻也要滔滔不絕。那時你是學校的『風頭躉』，大概不會留意到我呢！」雪儀自嘲。

確實，元峰也記得讀書年代，他跟雪儀彷彿來自兩個世界，一個是活躍好動，受同學仰慕；另一個則只盯着手上的書本，她的世界就只有讀書。元峰笑着點頭：「對，我想這兩天，我們說過的話，比以往在中學幾年加起來還要多。你也改變了很多，又健談，又會打扮。」

雪儀格格的笑說：「哎呀，我竟然被學校的『萬人迷』大讚呢！假如回到以前，肯定有很多女同學為此爭風吃醋啦！」

「你還是別提以前吧，大家都變了，只是有人愈來愈好，有人愈來愈衰而已。」

「你說的也對。」雪儀似乎沒有在意他這句晦氣話，續說：「怎樣，有沒有需要買保險，你也應該要為將來買一份保障嘛！」

「為將來買一份保障？」元峰冷笑：「你叫一個連現在也沒有的人，為將來買一份保障？未免太可笑吧……」

「你為什麼老是說這些泄氣話？」雪儀顯得無奈：「發展不如意，便想想其他出路吧，一味的自怨自艾，再過十年八載，情況亦不會有任何改變。有時候，也許情況未必太差，只是自己想得消極，困在不開心的情緒罷了！」

「我哪……」元峰欲想辯駁，雪儀卻伸手捏着他的眉心：「你不用狡辯了，這兩次見到你，兩道眉毛都是緊繃

在一起，放鬆點行嗎？」雪儀的舉動，不單揚起了她身上那陣幽幽的香氣，還有本來被西裝套裙掩蓋的嬌嗔。

「痛呀！別玩……」元峰揉着額角，嘴裏抱怨，臉上繃緊的肌肉卻稍為放鬆，他驀然發覺，剛才滿腔壓抑的鬱悶，在不知不覺間，消失得無影無蹤。

「怎樣？好點了嘛？」雪儀溫婉的慰問。

「嗯，謝謝你。」元峰含蓄地微笑。

「你的問題並沒解決，其實說了這麼久，連你遇到什麼問題，我也不知道。然而人生就是這樣，自己的問題，仍得靠自己面對，當然在精神上，我們可以互相扶持的。」雪儀一邊說着，元峰一邊呆呆的望着她，直教她有些尷尬，不得不打岔：「喂，你呆呆的望着我幹嗎？」

「沒什麼，想不到你對人生竟然看得這麼通透，就像我的長輩一樣……」

當然，元峰的話還沒有說到一半，他的肩膀已被雪儀狠狠的拍打。

被趕上

「仔，你表弟浩雲今天從日本回來，剛剛致電找你時，你還未回家，快覆他電話吧！這孩子挺有心思的。」元峰甫踏入家門，在廚房忙這忙那的媽媽便喊道。

元峰只是從喉嚨深處發出了「嗯」的一聲，便逕自走回房間，扔下背包，躺在牀上自言自語：「見鬼！今天才被人拿這個表弟來揶揄我，現在居然説他返回香港！真不知交上什麼惡運！」雖然元峰千不願萬不想跟浩雲碰面，但他並不討厭這個表弟，腦海裏留下的，盡是與他在小時候玩耍的快樂片段——

「元峰表哥，你好厲害啊！將來我要學你練成『猛虎射球』！」這個天真爛漫的小朋友，使勁的喊叫後，將腳前的「西瓜波」用力一踢，那紅白花間的小小膠球，也滿有孩子氣的彈跳到元峰跟前。

「哈哈，表弟，這球踢得很好呀！你也要努力，將來一定會比我更厲害，他朝我倆一同代表香港踢世界杯！」元峰以自信的笑容哄着浩雲，心裏倒沒在認真——自己是足球天才，將來自然可以登上甲組球隊的門檻，要求表弟也一樣厲害？除非他的天分更高，可是在香港，足球天才真的這麼普遍嗎？

「……確實這個世界怎會有那麼多天才？」元峰凝視着天花板，喃喃自語：「浩雲才是真正的天才吧，十七歲已是川崎前鋒青年軍的主力，就連日本代表隊也想破格徵召他入選。這小子，為什麼要在記者面前提起我？明知我只是球場上的一條『廢柴』，說我是他的偶像，根本是叫我成為大家心目中訕笑的對象……」

即使元峰心情激動，但臉上依然木無表情。大概，這是六年來，一種徹底失望的自我保護。

眼看曾經追逐在身後的影子，漸漸從遙遠的後方，一步一步的追上來，今天更遠遠拋離自己。當表弟露出驚人的天賦，表哥則從天才的階梯滑落，那種反差沉重得教元峰窒息。

此時傳來叩門聲，元峰拉起懶洋洋的聲線：「什麼事？……」

「今天的比賽如何？」元峰爸爸隔着門，關切地問道。

「還好，贏了一比零。」當然，元峰並沒有說出自己早早被調離場、令球隊險輸十二碼，還有獲勝與自己根本無關的實情，免得父親又端出一臉憂心的神情。

「呵呵呵……那真好，所以我常說，只要努力不懈便成！」聽到爸爸樂呼呼的聲音漸遠，元峰繼續自顧自的發呆。

元峰的爸爸，戴志偉，只有四十餘歲，是個地盤散工兼電視台藝員——別誤會，他不是廣大觀眾認識的戴志偉，只是同名同姓的一個「跑龍套」而已。他跟很多尋常的「打工仔」一樣，對工作不會有過分的熱誠和投入，惟獨是足球，則有種不容妥協的執著。

作為南華的標準球迷，他早已將球隊的勝利與個人榮辱連成一體，同喜同悲。當初南華決定跟元峰簽約，他興奮得像小孩子般，硬要陪元峰到南華簽約。故此，當元峰的足球生涯直往下沉，充滿無奈和失意時，他最不懂面對的，就是覺得辜負了爸爸的期望。可幸的是，爸爸沒有像某些父母般，愛跟親戚朋友吹噓兒子的成就，否則當遇上一個稍為留意本地球壇的人，定會落得無地置容的下場。

「努力不懈就會成功嗎？」

爸爸總愛説這些話，元峰覺得很可笑——「總有一天你會知道兒子實際上不如你想像中厲害，而且還很窩囊，那時你便會明白自己説了無數次傻話呢！」

元峰為免爸爸知道實情，當他嚷着要到場觀戰，元峰就會「恐嚇」爸爸這會令他分心，並可能令他所支持的南華落敗……想到這裏，爸爸便會硬生生地抑壓他的好奇心，不敢踏入足球場觀戰。

元峰心裏清楚，即使當下的足球員生涯如何不濟，他之所以沒有放棄足球，除了是認定幹不了其他事，也是因為爸爸那重重複複得近乎擾人的「鼓勵説話」所致，他才會在不明朗的前路中，仍然像機械人般死命的練習。

門外傳來陣陣的喧嚷，這次輪到媽媽説：「仔呀，別躲在房間，浩雲專程來了探望我們，快點出來跟表弟相聚吧！」

元峰一怔，沒想過他最不想面對的浩雲，此刻就在房門的外邊！他知道不可能永遠躲在房間，也不能裝睡，詐作聽不見，他惟有以身體抵着門，結結巴巴的説：「哦，是嗎？我正忙着，待會便出來……」心裏希望浩雲能奇蹟地離開。

「表哥，你先忙自己的事吧！待吃飯時我們再談。」房外那把沉厚的聲音，正是浩雲。半小時後，浩雲終於聽到元峰的房間有點異動，房門徐徐地從一線隙縫逐漸拉開，一條啞黑的腿正從門隙中踏出來，可是才一步，又停了片刻，之後一個黝黑的身影終於在浩雲的眼前出現。

「表哥，很久不見呢！你看起來似乎比之前強壯了！」浩雲樂呼呼的迎上前。

「哦，浩雲，你來了？」元峰邊説邊禁不住打量他——雖然他對浩雲兒時的模樣猶有記憶，但眼前這個表弟，柔順的頭髮隨着眉毛的抖動而搖曳，白淨的臉上露出足以迷倒少女的笑容，完全是典型漫畫美少男的感覺。

飯廳中充滿熱鬧的氣氛，浩雲與元峰的父母不斷聊着近況和見聞，元峰卻沒有搭上半句話，只顧垂着頭把米飯撥入口中。

「哈哈，浩雲你知道嗎？當年我跟你爸爸阿萊，在初中時代都是校隊成員，我踢中場進攻位置，阿萊當前鋒，我倆簡直是球隊前線上的『黃金組合』，真令人回味

呢！」志偉捧着飯碗，說得眉飛色舞。

「哎呀，你煩不煩，別老是想當年好嗎？阻着浩雲吃飯呢！」媽媽沒好氣的說。

「唉，女人真善變……」爸爸別過臉，跟浩雲輕聲說：「當年你姨姨是我最忠實的球迷，每逢比賽她就來觀戰，而且永遠是最落力在場邊打氣的。」

浩雲十分好奇：「真的嗎？」

媽媽斜瞪了爸爸一眼，似乎是怪他在後輩面前太多嘴，她連忙修正：「你不要信你姨丈的吹噓，我那時少不更事才會迷上他。」媽媽說時，卻不期然透出絲絲甜蜜的笑容。

「我記得小時候，姨丈常常帶和我表哥到球場踢球，那時姨丈的『衝力射球』真的很厲害！」浩雲嚼着西蘭花，說得有點含混不清，像個小孩。

「喂，食不言，寢不語呀！」媽媽勸道，但爸爸愈講愈起勁，繼續拉着浩雲說不休。

爸爸媽媽與浩雲言笑甚歡，元峰只是冷眼旁觀。這段大半小時的吃飯時間，對他來說，猶如等待每四年才有一次二月二十九日般漫長。元峰望着爸爸喜滋滋的問及浩雲在日本踢球的生活，對每一個細節都感到莫大的興趣，心裏實在有説不出的難受——如果自己能夠像浩雲一樣的出息，對爸爸這位超級球迷來説，肯定是他當父親最感快慰的事情。

「你還在南華踢球嗎？」浩雲細心地把從日本帶來的方形西瓜切成幾塊時問道。

「哦……是，是……」

「太好了！兩天後我們就有機會同場較技。」浩雲滿臉期待，元峰卻聽得一頭霧水：「同場較技？什麼意思？我搞不懂。」

「咦！你不知道嗎？我們球隊會跟你們作友賽嘛，聞説今午正式落實，所以你還未知道也説不定。」浩雲解釋。

「什麼？」這消息的震撼，猶如在元峰體內發生九級地震。

「真的嗎？」爸爸大樂，立時追問：「何時？在哪裏？是閉門作賽嗎？我一定要請假看你倆比拚！這簡直是我多年的心願。對了！我得致電給你爸爸阿萊，約他一起看比賽！」

元峰瞪眼望着爸爸，得意忘形的志偉才猛然記起兒子的禁忌，一時的興奮冷卻下來。浩雲的回應，卻再次令他重燃盼望。

「好像是在旺角球場比賽，不用收費！待會我也告訴阿爸，你倆可以相約來看我們比賽呢！」浩雲説。

「好！一言為定！」爸爸也懶理元峰的反應，迅即應承。

「阿姨、姨丈，時候不早了，我該要回訓練營。」聽到浩雲這麼説，元峰馬上以友善的笑容應道：「噢！原來這麼晚了，我們也不要阻礙表弟休息，你快點走吧！」

浩雲從容的説：「表哥，這麼久沒見，不如你送我到車站，我吃得很飽呢，順道幫助消化！」

元峰面色一沉，但父母不識趣的附和：「對呀，你們表兄弟小時候感情多好！難得有機會應多聊聊。峰，你便送到車站吧！」元峰暗暗抱怨父母實在多事，但目下情況，如堅持不送，又十分尷尬，於是便硬着頭皮，土灰着臉，隨浩雲外出。

「我一直有留意本地足球的新聞……」才踏出家門幾步，浩雲便打開話匣子。

「哦，是嗎？」元峰垂着頭，盯着穿拖鞋的雙腳，一步一步的向前走。

浩雲説：「每次看到『大港腳』（香港隊）在國際比賽落敗，我心裏都希望，有一天能夠跟表哥一起代表香港，互相配合取得入球……」浩雲在腦海中幻想着這場球賽。

元峰沒有作聲，甚至連一個虛應的表情，也懶得裝出來，心中暗想：「兩天後，你就會知道，你口中那個如何了不起的表哥，只是一個連出場機會也沒有的後備球員！」

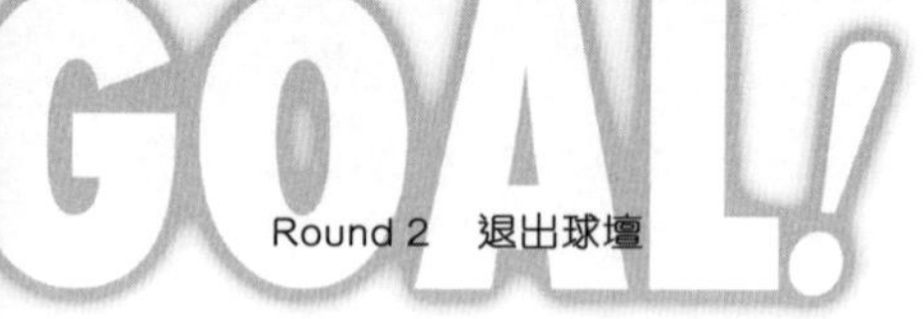

與「影子」之間的距離

與川崎前鋒青年軍的友賽，就像 2012 年的「末日預言」般，轉眼就到。當南華一眾小子都懷着興奮的心情迎接這場友賽之際，只有元峰一直垂頭，對這場比賽沒半點期望——當然，他早就被告知，自己不是正選……

擔任川崎前鋒隊隊長的浩雲，在準備雙方出賽球員握手和交換錦旗時，發現元峰原來只能呆坐在後備席上，好生失望。元峰知道表弟正瞧着自己，刻意將視線擱到別處，面上沒半點表情。

雖然只是兩支青年軍對壘，但對手畢竟是來自亞洲足球強國日本的頂級聯賽球隊，隊中還有一位香港青年正選上陣，加上這是一場免費賽事，所以能吸引一羣大叔、阿伯入場外，亦有些少男少女前來觀戰。元峰和浩雲的父親：志偉與阿萊，隱沒在觀眾席中的某處，靜靜看着下一代的對決。至於阿翁亦和幾位體育記者「行家」，則站在南華一方的底線後，準備捕捉精彩的場面。

【南華青年軍的陣營】

偉文

超仔	梓康	智豪	士雄
徐德	國培	偉國	志康
	陳旗	阿強	

皮球在中圈開出，南華球員以至席上的觀眾，都感到不安——明明雙方身處於同一個球場，但竟然像受到不同重力影響似的——引着皮球、在中路突破的川崎前鋒 7 號，猶如身處無重狀態的外太空，才跨出幾步，已經輕易把追纏着他的志康甩到身後。同時間，川崎前鋒 8 號、11 號、16 號和身穿 10 號球衣的浩雲，猶如雁羣在球場上「滑翔」，散落有致。

「徐德、偉國！你們追纏 11 號和 16 號；國培和超仔，小心 8 號和 10 號！」鎮守中路的智豪大聲吆喝，各人緊守其崗位，而陳旗和阿強，亦急急的返回後場，跟貼 7 號名叫 Ito 的球員身後。作為第一道屏障，國培一直盯着那個 Ito——「是『假身』？是盤扭？還是會傳給其他隊友？傳給哪一個？」他腦袋正在盤算如何應對之際，Ito 已經趨近……

「去！」國培心裏暗叫，看準皮球跟自己相距一腿之遙，便一鼓作氣，朝着 Ito 的腳下球直掃——不僅踢了個空，更叫他吃驚的，是 Ito 於瞬間在他眼前消失了！

國培暗忖：「怎會這樣？」

原來 Ito 不過是待國培踢出右腿，腳尖跟皮球只有三寸的距離時，突然踏停了皮球，讓國培踢了個空，然後乘着他的右腳去勢未止，便輕輕往左把皮球拐走。當國培稍為平衡身體，轉身想追，才驚訝 Ito 已相距甚遠。

「港日兩地的足球水平實在相差太遠，你看，這個 7 號不以誇張的假動作，亦非以高速突破，純粹在千鈞一髮之間，從容地一踏一撥，已經擺脫了南華的球員。你看他們怎像踢球，簡直是在跳芭蕾舞！」阿翁説着，透過相機的觀景器，瞄準在球場之上。

「沒錯，不只是他——」身旁的行家權哥，話到一半，「咔擦咔擦」的相機快門聲此起彼落，因為那個 Ito 乘着徐德和超仔包抄攔截之時，出奇不意擠出一記直線傳球，皮球剛好在二人中間穿越。

南華眾將隨着皮球的方向望去，驚覺剛才因為專注地追纏 Ito，皮球已直刺向南華禁區角無人看守的位置，就只有浩雲迎着皮球直奔。幸好傳球去勢稍為急勁，若然門將偉文果斷出迎，應該能搶先撲走皮球。偉文顯然洞悉這關鍵，便立刻拔足，棄球門而出；至於浩雲亦加密了步伐，二人雄健的雙腿在綠茵場上疾走，揚起了那些沒有抓住泥土的小草。

只求破壞對方攻勢的偉文，橫身飛臥，健碩的身軀在草地上滑行，直撲向皮球。浩雲亦邁出更大的步幅，想搶先截到來球，但眼見對方門將殺氣大盛，根本沒有空間從容控球。二人如兩顆殞石快要相撞——觀眾「嘩嘩」的起鬨聲，維持在某個分貝，明顯是等待二人對決的結果，才正式喝采爆發……

「Goal——！」全場歡呼雷動，浩雲竟然在偉文明明堵死射球角度的情況下，勾出漂亮的拋物線射球，越過對手直墜入空門。一比零！

開場只有 45 秒，川崎前鋒便以一球領先！

「嘩！這些球迷犯不着這樣開心嘛，現在落後一球的是南華，別人不知，還以為川崎前鋒才是主場球隊。」阿翁酸溜溜的說。

「哎呀，算了吧！香港球迷就是這樣嘛，看到實力強勁的外隊橫掃香港球隊，會顯得格外興奮，或者你可以説香港的球迷比較理性，哪一方球技好，就為哪一方喝采。」權哥無奈的說。

「門將偉文的出迎，也沒什麼漏洞，但那個麥浩雲確實不簡單，第一腳觸球，竟然能這麼冷靜處理，頗有球星亨利的影子。」另一位行家亦搭訕道。

浩雲這記進球如何精彩，已是毋庸置疑，元峰完全看在眼內。一個「過氣」天才在冷板凳上，看着那個被簇擁的真正天才，展示其充滿靈氣的球技，享受眾人的掌聲和歡呼聲——而這個人，正是小時候在身後仰視、追趕着自己的浩雲。此刻元峰頭皮發麻，無地自容，只想儘快離開球場。然而球賽只進行了一分鐘，還有 89 分鐘或以上待他忍受……

南華球員沒想過，己方第一次觸球的機會，竟然是中圈重新開球之時。早早的失球，令平日態度囂張的阿強收起輕佻的表情，全神貫注地投入每一次傳球、甚至每一次走位等細微動作。因為遇上一隊實力遠超己方的對手，只要稍稍放鬆，都會成為別人眼中偌大的漏洞。儘管南華各人都投以極度的專注，可是處於這支年紀相約的青年軍面前，南華就像一台運轉得不暢順的舊機器，行軍速度慢、傳球不利落，連稍有威脅的射門機會也製造不來。

「糟糕！」國培眼見己方組織乏力，嘗試在中圈大腳長傳，讓具衝刺力的阿強衝頂，怎料被對方的隊長 5 號以頭槌解圍，而皮球恰好落在浩雲跟前。他以胸口把皮球壓下來後，球隊即刻高速運轉……

浩雲引球出擊，阿強搶前攔截，浩雲往左晃，阿強料這是虛招，不為所動。殊不知浩雲真的趨前，再從左方突破，阿強見狀，只好同樣往相同方向挨去。想不到浩雲立時擺動蛇腰，將重心扭向右方。阿強盡力煞住自己的去勢，但雙腿無法即時發出足夠的力量，跟上對方的轉向，結果任由浩雲在自己身旁掠過。

「可惡！明知他耍虛招，還是被他晃過，根本不是在同一水平！」阿強心中暗罵，但他並沒放棄防守，只是浩雲的運球能力十分純熟，即使控球在腳，速度上比阿強還快了少許，幾步的追逐之間，兩人已拉出一個身位的距

離。

南華被迫全軍退守，陳旗和志康從左右兩方包抄夾擊浩雲。身材健碩的陳旗挨近浩雲身旁，以肩頭狠狠撞向他，令他幾乎失去平衡；志康即時探出右腿，試圖挑走對方的腳下球。奇怪的是，雖然浩雲仍在搖晃，但皮球在他兩腿之間，彷彿有着強大的引力，志康多番嘗試，依然觸碰不到。陳旗情急之下，往前一推，終於令浩雲平衡不了，快要往前跌倒……

陳旗深知已犯規，罰球難免。可是浩雲就在倒地的一剎那，不知憑着什麼本事，後腳跟一勾，皮球竟分毫不差，落在從後趕上的 Ito 腳前！ Ito 第一時間以急勁的「割草式」傳球，從右路傳給中路的 8 號球員。

8 號沒什麼大動作，直接將皮球彈給衝前接應的 18 號球員，剛好在旁的徐德逼近，皮球跟 18 號只有咫尺之際，對方卻莫名奇妙的縮開左腿，雖然動作細微，但足令皮球他在身旁掠過。徐德來不及反應，皮球已推到無人看管的 9 號 Suzuki。

Suzuki 引球邁步，很快進入南華的禁區範圍，此時梓康、智豪和偉文的神經更為繃緊——

「豪，截住他！」偉文像個身處前線告急的總司令，指揮僅餘的將士，負隅頑抗。智豪甫動腳，Suzuki 便準備拉弓抽射，此時智豪和梓康雙雙橫身一臥，以圖封鎖對方的射門角度。皮球從 Suzuki 腳下溜出，二人心下稍寬，因為按這球的去勢，應不能命中球門。

正當他們以為危機已化解，卻瞟到偉文的神情，不僅更加凝重，還往另一端撲過去——原來剛才 Suzuki 不是射出一記偏離目標的攻門，而是刻意將球送給如鬼魅般、又再於門前六碼出現的浩雲。只見他不慌不忙，就在偉文往球飛撲的瞬間，以腳內褔輕鬆一撞，皮球應聲掛網而入！

二比零。

剎那間，南華球員人人呆若木雞——他們彷似置身於彈珠台，川崎前鋒令人眼花繚亂的傳球，速度之快，根本不容他們作出丁點反應，甚至連眼睛都未看清皮球如何彈動往返，就已經掉進球門之內。

「實力相差太遠了……」看到浩雲在場上與隊友互擁歡呼，不知怎的，在元峰腦海卻浮現了這樣的畫面——自己身處枯井底，井口上圓形的天空，偶爾有一隻翱翔的鷹

飛過，這就是自己與浩雲之間的距離。

元峰這般胡思亂想時，上半場終於完結，南華共輸了五球。

在中場休息的十餘分鐘期間，元峰沒理會沒精打采的隊友；亦沒聽到他們語帶無奈的戰術討論……

「元峰！元峰！」連番叫喊，元峰的意識終於返回現實。他抬頭一看，見到雄哥不耐煩的對他說：「聽不到我在叫你嗎？快點熱身！待會你也上陣吸收經驗吧！」元峰望向計分牌：下半場才開始了五分鐘，己方已是零比六落後，比賽顯然已進入「垃圾時間」── 即大局已定，無論是否繼續下去，都對賽果無關影響的時間。

「對球隊而言，也許我真是垃圾，所以才會在這時候安排我上陣。」不過元峰還是老老實實的伸展身體各處肌肉與關節，大概他認為這是自己惟一的優點，哪管什麼處境，哪管什麼心情，只要被派上場，都會不惜氣力的應戰。

元峰站在場邊，準備被換上場，身旁亦站了一位川崎前鋒的球員，跟他一樣等待出場。這是一個比自己矮了一個頭顱、外表看來約十三、四歲的小孩；他望望自己，感到有種以大欺小的困窘，當他看到第四旁證舉起那塊電子換人提示牌時，更如被電擊——「23 in 10 out」。

此時觀眾席傳來一陣熱烈的掌聲，獻給獲得三個入球和送出一記助攻的浩雲。浩雲舉手拍掌回謝，面露靦腆笑容的步出球場。他走到場邊，與元峰二人擦肩而過，他拍拍那孩子模樣般的隊友說：「『奸爸爹』（努力吧）！」同時將那鼓勵的眼神延伸到元峰的身上。

元峰滿臉脹紅，這近乎同情的鼓勵，是他遇過最大的侮辱。他走進球場，回望受到熱烈掌聲和歡呼聲簇擁下的浩雲，他感到即使自己如何努力追趕，雙方的距離卻愈來愈遠，甚至是一道永遠的鴻溝——哪怕在這場無關痛癢的友賽上，原來他連跟浩雲同場交手的資格也沒有。

自憐、絕望、憤怒，元峰在瞬間經歷了心情的裂變，滿載不滿及激動，彷彿什麼東西在他跟前，都能挑起他的怒火。引着皮球如穿花蝴蝶般走動的 Ito，能幻化出多個「假身」，足以把對手騙得天旋地轉，偏偏怒火蔽目的元峰，對他來說，這全是多餘的動作，他咬着牙關，奮力往 Ito 的右腳狠狠掃去，「啪」的一聲巨響，剛好踢中了 Ito 的腳下球，皮球似乎會成為他倆腳脛的磨心，但 Ito 受不了

元峰那帶着憤恨的衝擊，被硬生生撞開了。元峰推着球死命的疾衝，如一頭遁走的犀牛。頗為健碩的川崎前鋒6號守將一股勁兒的追纏着，並以肩頭撞向元峰，試圖以身形上的優勢把對手撞得失去平衡。殊不知元峰非但沒半點踉蹌，反而以肩拚肩，最後被擠掉的竟然是健碩的6號！

「ドリブル線形！ひゅうが こじろっ？」Ito瞪眼，喃喃自語。

「喂，你不是學了多年日文嗎？他說什麼？他看起來好像很驚訝。」站在附近的超仔，挨近國培的耳邊輕聲說。

「沒說什麼，他只是說『直線盤球！日向小次郎？』罷了。」國培應道。

「哈哈！直線盤球？《足球小將》嗎？」超仔失笑說。

國培說：「但對方球員真的好像不敢走近元峰……」

超仔搖頭說：「唉，將心比己，這不過是一場友賽，而且又領先了六球，看到對手有人瘋狂亂衝，你還會以身犯險嗎？」

國培沒有說話，只是微微的點頭附和。

本來難以殺進對方後場的南華，當元峰進場後，他第一次觸球，便長驅直進，殺至距離球門約三十碼的範圍，阿強一招變速，擺脫對方的追纏，走到有利位置，向元峰嚷着說：「傳球！」

然而元峰卻毫不理睬，只是低着頭，稍稍踏了兩下碎步，便拉起左腳，運起全身力量一蹴，皮球就如一枚巡航導彈發射出去，起初川崎前鋒門將的面容極為繃緊，但轉瞬已鬆下來，因為他判斷這球已偏離「航道」。

強勁的球勢直指站在底線前拍攝的記者，面對「皮球流彈」的來襲，身經百戰的記者即時抱着相機伏下或閃開，大家總算避免這記重擊。可是球速依舊沒半點減弱，仍繼續向觀眾席前排轟去。坐在最前排為看日本俊俏球員的少女全都花容失色，尖叫連連，她們驚惶失措，把頭部伏在圍欄和椅背。一位十多歲的男生霍地站起，以前臂擋架，「啪」的一聲巨響，終於截停了皮球。男生表情極其痛苦，卻獲得觀眾一陣掌聲，還有幾位少女仰慕的眼神，但元峰呢？卻成為製造這次驚險場面的配角。

元峰並不知道，對方的教練和球員看到他的射門，飛越了逾五十碼仍勁度十足，無不暗自吃驚。

「你搞什麼鬼！我不是大聲叫你傳球嗎？我明明已經

跑到有利位置，你也不傳球，究竟是什麼意思？」阿強氣沖沖的走到元峰跟前大喊。

元峰沒有理會阿強，逕自走回後場防守，阿強想衝上前再跟他理論，卻被陳旗拉住，向他耳語：「你沒看到他的眼神嗎？」

「什麼眼神？」阿強仍深深不忿。

「元峰的眼神好空洞！我勸你還是別招惹他為妙！你看就算川崎前鋒的球員，自從元峰上場後都避開他，免得在這毫不重要的友賽中受傷，現時惹不得他！」陳旗壓着喉頭低聲說。

阿強聽罷，原本緊握的拳頭亦鬆下來，他走回前場，球賽餘下的時間，元峰亦沒有被任何人挑動神經，雙方互無紀錄。球賽完結，南華以零比六落敗。

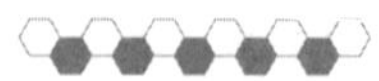

比賽完結後，元峰回家，他三步併作兩步，急急躲進房 ，生怕父親志偉提及自己今日的表現，怎料就在他快要關上房門的一剎——

「峰，其實今日你踢得蠻不錯，頗有我當年那記『衝力射球』的影子，只要提升射門的準繩度，你是很有天分的。」

聽到坐在沙發的爸爸，又說出這些公式化的鼓勵話，元峰忍不住從房間探出頭來，一臉厭煩：「別再說這些不盡不實的話好嗎？你今天也有看我作賽，我只是個後備球員，我連跟表弟比拚的資格也沒有！還說什麼『我有天分』這種廢話？」

父親從沙發站起來，走近元峰的房門：「有沒有機會跟浩雲在球場比拚，與你的天分無關，這只是教練的戰術安排而已！但我看到你跟其他隊友不同，川崎前鋒的球員，確是對你的射門力量和衝刺力有所忌憚！這正是你的天賦本錢嘛！所以別失去信心，繼續努力，還有，好好的在射門力量和準繩度之間取得平衡，你在足球場上一定會大放異彩，阿爸對你有信心！」

「別．再．說．這．些．無．聊．的．安．慰．話！」元峰爆發情緒，吐出歇斯底里的一句話後，略為收歛，繼而補上一句：「求求你別妄顧事實，只一味地說我不失去信心就會成功等種種廢話好嗎？我可以憑什麼對自

己有信心？」

「好好好，我不說了……」父親連忙地說：「踢足球是一件開心的事情，希望你能享受其中，而不是哭喪着臉地比賽。」

元峰關上房門，躺在牀上，睜開雙眼，房內盡是漆黑，他的內心，突然泛起一絲無法辨別景況的不安。

一會兒後，元峰的眼睛開始適應房內的環境，這本來是稀鬆平常的情況，當下卻叫元峰感到豁然開朗。儘管他對於爸爸的安慰，感到厭煩，但這一次，爸爸的說話卻像海浪般衝擊他內心的堤壩。

「對！既然現在踢球似受難，為什麼我還要繼續堅持下去？」

浮沉·夢醒

這一天，元峰又由銅鑼灣加路連山上的練習場，跑到灣仔碼頭。他的口袋忽然發出微弱的震動，細看之下，原來是雪儀傳給他的一句電話短訊：「我在會展剛完成工作，如你在附近，會 tea 嗎？」

「快到碼頭，不 tea 了。」元峰乾脆的拒絕。

「那麼你在碼頭閘門前等我，五分鐘後來。」看着雪儀這個回覆，元峰無奈的歎了一口氣。此刻他實在不想見到任何熟悉的面孔，亦沒興致寒暄，他知道自己可以即時拒絕，但不知怎的，元峰還是乖乖地在閘門前等候她。

「等了很久嗎？」雪儀遠遠的走過來，她展露親切的笑容，潔白的牙齒，洋溢着陽光燦爛般的美麗——事實上，一個有好學歷、好職業、好前景，甚至樣子……也不錯的女生，怎會有吝嗇笑容的道理？

「喂！你呆呆地看着幹嗎？我有問題嗎？」雪儀已站在元峰跟前，見他定睛望着自己，顯得有點尷尬。

「沒……沒有什麼，有點累而已……」元峰應道。

「那麼上船吧！」雪儀發現平日已不苟言笑的元峰，今天更是沉默不語，她識趣地沒說什麼，只是靜靜的與他並肩而行。

由灣仔到尖沙咀的短暫船程中，迎着混和了腥臭和機油味的海風，毫不浪漫，卻令元峰長期壓抑的心情稍能鬆馳……然而這次，迎面撲來的氣味，似乎異常地臭，發呆的元峰，也不禁四處張望：「哪裏來的臭氣？」

不知何時掛上口罩的雪儀，指着不遠處的海面說：「我早就嗅到了，你的嗅覺真遲鈍，竟然現在才發現！」

元峰一看，原來不少垃圾順着水流沖到渡輪的附近——果皮、膠袋、發泡膠箱、幾尾死魚等等，其中一個載浮載沉的塑膠水樽，吸引了元峰的視線，它在無定向的浪潮推湧之下，既沒有被沖近岸邊，也沒有湧出汲水門或藍巴勒海峽，只是進退失據的在海面上漂浮。

元峰感到毛躁，他寧願水樽被駛經的輪船捲進船底，「咧」的一聲，乾脆地被輾毀還痛快得多。偏偏浪潮卻像無垠的護墊，即使遠洋貨船在旁邊駛過，浪潮總及時把水樽湧向別處。雖然水樽絲毫無損，卻身不由己。

元峰看到的，不僅是水樽，更是自己 —— 在球場上過了六年半死不活的狀態，他就如這個水樽，倘若被捲進船底，沉入河牀還好，卻偏偏背負「天才」之名載浮載沉，丟人現眼。起初的堅持，也許相信這是天才磨練的必經階段；但六年過後，元峰發現所謂「天才」，只是上天給他開了一個玩笑，真相實在太殘忍，根本令元峰無法面對。

諷刺的是，球場卻又成為他捍衞僅有自尊的惟一「戰壕」。人家追問為何足球事業無成，仍不腳踏實地找工作？「為圓足球夢想」，成為元峰最冠冕堂皇的理由，但他知道自己不能永躲在這裏。與雪儀重逢、還知道其他同學早便走上正常的道路，過着正常的人生……他再次想起昨晚父親的話，他知道這樣的生活，今天是時候完結了。

元峰撥通電話：「喂，教練，我是元峰。」

「什麼事？漏了東西在球場？」電話另一端的雄哥語調平和問道。

「我想退隊。」元峰以為這句話要在喉頭磨蹭良久才有勇氣説出，但想不到就像吐出一口濃痰般容易，卡在喉

嚨多年的怨氣亦隨之呼出，好不舒暢。

聽到這句話的雪儀，驚訝的瞪着元峰，更何況是培育他多年的雄哥——「究竟發生什麼事？剛才又與阿強鬥嘴？還是什麼原因？」

「沒事，我不過是想通了而已，我想退隊。」元峰堅定地說。

雄哥沉默片刻，良久才應道：「元峰，一直以來，你都是一個很願意堅持、不輕易放棄的傢伙，怎麼突然說退隊這些泄氣話！」

「我沒有泄氣，老闆梁生不是說過可為我找工作嗎？之前你們不是叫我考慮自己的前途嗎？怎麼現在我有了決定，反而認為是泄氣話？」元峰淡然的說。

雄哥無話可說，想到元峰當下在球隊的情況，即使拋出要他留下的理由，都只是出於情感上的不捨，而非出於理性上的決定。

「我跟梁生商量商量，遲點回覆你。」

「謝謝你，教練，希望能夠快點，因為我真的很想盡快離開球場，我不想再當那個水樽。」

「水樽？」雄哥當然不明白元峰為何會這樣說。

掛線後，元峰深深的舒了一口氣，有份說不出的輕省，雪儀狐疑問道：「你知不知道剛才那通電話，已作了一個影響自己人生的決定？」元峰翹起嘴角，微微的點頭。

「你剛才說什麼『水樽』？是因為見到海面的水樽，聯想到自己像它同樣飄泊，因而作出這決定？」雪儀續問。

元峰暗忖這位舊同學竟能看穿他的心思，但想到如實承認，便顯得他是個多愁善感的「娘娘腔」。

「比喻而已，你很難想像，過去六年，當你們努力讀書，不斷累積工作經驗時，我為了所謂的足球理想，這幾年我幾乎是白過，你們已經成長了，但我仍是中四的那個戴元峰……不，那時我還有一點足球天賦、對足球還有夢，現在不過是一條行屍走肉罷了。」元峰帶點激動的說。

「為什麼你要說得這麼灰暗？為什麼你要放棄？你不知道當年你踢球時，是最有魅力的嗎？」雪儀雙手支腰，裝作憤怒。

元峰有點奇怪：「什麼？那時你不是個只顧讀書的書獃子嗎？你怎知道我踢球時的模樣？」

雪儀的臉上頓時一片嫣紅，她尷尬地，帶點結巴的

説：「你……讀書時代總算是個萬人迷，不少女同學都圍着你團團轉，又怎會留意到我……」

「即是你當時也仰慕我，暗暗偷看我踢球，就像檸檬茶廣告的女主角一樣？」元峰蠱惑的笑問。

「唏！青春期嘛，有什麼出奇！你別恃着這件事來取笑我！」雪儀毫不客氣地拍打元峰。

就在互相糾纏之際，電話響起，是雄哥的回覆：「梁生説沒有問題，他還可以為你找一份工作，當然你要有心理準備、要捱苦……」

聽到這個答案，元峰興奮的説：「沒問題，吃苦我倒慣了，我何時可以到新公司上班？」

「這麼性急……難道真的沒有一絲留戀嗎？你為足球付出六年時間，一下子便放棄了，不覺得可惜嗎？」

元峰説：「確是可惜，我實在枉費了六年時間，若果當初沒有做足球員，找個師傅學裝修，今日我已經有一技之長了！」雄哥聽出元峰不是説反話，而是發自內心的後悔。他無奈的説：「不過梁生説你總不能説退隊就退隊，好歹也要呆在球隊至月尾。」

「不是嘛，現在才月初……」元峰有點失望。

「正如你説，已經花了六年時間，何需介意待在球隊多一個月？況且這個月，我們只有三場比賽，再辛苦也會很快捱過……」

「我明白的，教練，你説得對，多等一個月何妨？但你放心，我練習時不會躲賴的！」

元峰的從容，令雄哥歎氣説：「元峰，應承我，最後三場比賽，像以往一樣，用心踢好每分鐘，好嗎？」

聽到雄哥這麼説，元峰的鼻子一酸，他記起這段漫長的日子，雖然受盡隊友的白眼、球迷的髒話謾罵，還有其他人從滿懷希望到絕望，以至最後漠視的眼神……

雄哥那一句「像你以往一樣，用心踢好每分鐘」，不斷在他腦海中瘋狂重複。沒錯，無論被視為天才或被當成垃圾時，自己一直以來都是用心比賽。雄哥這淡淡的一句肯定話，令元峰眼眶凝出一片淚水，視線模糊。他極力抑壓，免得內心翻騰的情緒，引致面部的肌肉抽搐，令淚珠掉下，元峰抑壓地回應，聲音有點發抖：「會……我會！」

在飯桌上，元峰父母都感到説不出的奇怪，因為這一晚，元峰依然沒説太多話，但相比平日心事重重的懶洋洋，此刻的神態及動靜，顯然麻利得多，繃緊的面容亦放下，多了一分從容。這種微妙的轉變，父母當然樂見，爸爸試探問道：「元峰，今日累嗎？」

「不累——」元峰頓了一下，説：「我申請退隊了。」

「什麼?!」爸爸想不到元峰這麼坦白，更想不到他的從容竟是因為退隊。

「沒錯，我退隊了，不過你們放心，老闆説過會替我在他的公司找份工作。人長大了，便要腳踏實地嘛。」元峰一派老氣橫秋。

「為什麼決定得這麼突然？」爸爸問道。

「不！是你鼓勵我的！」

「我哪有？」爸爸吃驚道。

「你不是説過踢足球是一件樂事，不應該哭喪着臉嗎？對我來説，現在踢球像受難般痛苦，我豈不是應該趁此轉行嗎？」

「我……我根本不是這意思嘛……」爸爸欲想辯解，但想到元峰既已下了決定，多説無用，索性把想説的話，與白飯一併吞回肚子去。

相反媽媽聽到元峰這決定後，則滿臉安慰，瞇眼和應説：「我家兒子終於長大了，很好呀！媽媽一定支持你，你要虛心的學，用心的幹，難得遇上這樣的老闆。」

元峰含笑點頭，將兩口飯撥進口中，他瞟到爸爸沉默下來，竭力裝作若無其視，但恍惚的眼神，顯然是爸爸不知所措的回應。

晚飯後，元峰跟往常一樣，返回房間躲懶。對於父母的反應，其實元峰十分敏感。長久以來，雖然媽媽覺得在香港踢足球沒前途，爸爸則憂心他由被視為曠世天才，淪落至預備組的後備球員，可是他們絕少向他作出厭煩的叮嚀，就是讓自己每晚可以靜靜地吃飯、飯後可以什麼也不理，躲在一旁發呆；即使每個月只給一千元家用，他們亦沒露出半點嫌棄。這些關心，元峰都是感受得到的。所以，剛才他看到媽媽的欣慰，亦感覺到爸爸的一份惋惜與無奈。

就在他的思緒正搞作一團之際，電腦熒幕的下端，出現一個閃動的方格。元峰打開一看，是雪儀傳來的短訊——

「Hi！」

「Hi，什麼事？」

「原來自從中四那次看過你一場比賽之後，我再沒看過你比賽！」

「這倒不是很值得看的賽事，沒看亦沒損失。」

「你下個月才退隊，即今個月還會有比賽嗎？」雪儀似乎沒在意元峰這句話，繼續追問，元峰只好老老實實的應道：「我想大概還有三場吧。」

「我要來我要來！當作是讓我回味『那些年』的情懷吧！ :p」

坐在電腦前的元峰，噗的一聲笑了出來，按鍵說：「哈！即使你來也沒用，可能會白行一趟，我不是球隊的必然正選，現在離隊在即，教練按理也不會派我上陣。況且不過是預備組賽事，根本不值得你看。」

「別磨蹭啦，快告訴我何時有賽事！如時間許可，我一定會來看看！」

「五天後吧！我們會對戰公民，地點在旺角大球場。」

Round 3
最佳拍檔

不尋常的一天

這一天，元峰如常到南華會的球場操練，踏入球場，依舊沒有隊友與他攀談，他卻感到球場上瀰漫着怪怪的氣氛。散落在球場各處的隊友，竟不期然都把目光朝向他，眼神沒有絲毫的挑釁，甚至還帶點友善。元峰沒有放鬆心情，只有暴風雨前的不安，他懷着戒備的眼神，一一掃視他們直至開始操練為止。

經過一輪熱身和傳球練習後，雄哥召集各人圍攏：「好吧！大家準備進行分隊練習，後天是預備組銀牌的四強賽事，對手是以硬朗和體力見稱的公民。你們現在要全力比拚，我藉此觀察大家的狀態！」雄哥邊説邊拿起紅色和綠色的背心扔給各人，讓他們對陣時以資識別。不知這是有心還是無意，元峰與阿強都同被派了紅色背心。

雄哥特意把元峰和阿強拉到一旁：「強，你和元峰一

起打中場。球隊中以你倆的防守力最為硬朗，速度也是最快的，若果你們能夠配合，無論進攻或防守，對球隊都有幫助！」

元峰瞪了阿強一眼，阿強依然翹着半邊嘴角，一貫輕佻：「我無所謂，反正他也『那個』了，跟誰合作也可以！」

元峰終於明白，隊友隱約流露善意的眼神，原來是出於能把「瘟神」送走，回光反照的容忍。

「哦……難怪你們今日的反應總是怪怪的！沒錯，反正再討厭，也多忍一個月而已，只要有人不小器，我也很有氣量的。」聽到元峰的指桑罵槐，阿強瞪眼望着他，但總算沒有發作。

雄哥吹響哨子，練習賽便開始，國峰把皮球往後傳，元峰上前接應，阿強忽然像閃靈般，從後竄出截下皮球，為要搶個彩頭。元峰知道他的用意，但為顯氣量，並沒惱怒，他一邊往邊線處跑，一邊向阿強大喝：「傳球！」

阿強斜望，見元峰已走到一個空間較闊而有利的位置，心裏極不願意把球傳給他，但刻意不給他傳球，反而是自己理虧。

電光火石之間，阿強的腦海猶如一枚燈泡亮出妙計，既不會令人感到他小器，也可令元峰出洋相：「教練不是讚賞他的速度跟我差不多嗎？只要我刻意將傳球力量加大少許，叫人看到是他沒本事接我的傳球，而不是我不肯合作，這豈不是可給他一個下馬威？」阿強隨即向元峰疾走的方向，大腳一蹴，皮球如箭般，斜線穿過對方的防線。

元峰才起步，心裏罵道：「這傢伙的傳球力量這麼猛，明顯是不想我接到這球，剛才的話還説得那麼好聽！」但元峰沒有停下來，反而咬緊牙關，拔足狂飆。大家都以為這球會直飛邊線之外，元峰卻猶如一輛脱了貨櫃、在公路上瘋狂飛馳的「拖頭車」，雙腿在稀疏的草皮上高頻率的跑動，並幻化成高速轉動的車輪——「究竟那傢伙能否在邊線內碰到皮球？」霎時間成為球場上每個人同時閃出的問題。

「不可能！他沒可能接下這球！」阿強反複暗忖，憑他踢球多年的觸覺，儘管元峰速度再高也沒用，因為皮球

快要飛出邊線之際，還彈地一下，令人更難準確地把球截下來。殊不知元峰歇斯底里的「啊」了一聲，奮力的向前飛身剷去，把身體伸展到底，誓要攔下皮球——

「什麼？」

「竟然……？」

眾人無不一怔，這明明是不可能接下的傳球，元峰竟有扭曲時間及空間的能力般，不可思議地接下皮球。他橡膠般的彈跳起來，引着皮球向空盪盪的前場疾走，眼前就只有無助、只靠不斷晃動身子，試圖干擾元峰視線的門將偉文。

球場上敵對雙方，如消防員般走到災場，急急跑到禁區準備施以援手，但顯然已經遲來一步，因為元峰已高高的拉起右腳，偉文惟一可以做的，就只有死命的撲向元峰跟前，希望以身體擋住他的抽射。

向來本着球員意識而衝上前的阿強，率先殺入禁區，成為首個在近距離見證元峰的神奇速度與球技的人，儘管他心裏其實是很不服氣——

「可惡！我應該再把球踢遠一點，這樣便不會讓這『老傢伙』搶了威風！」阿強心裏暗罵。

元峰感到一襲黑影從自己的左後方直跑到視線之內，他向左一瞄，果然是阿強。剎那間，元峰展現詭異的笑容。救球的偉文自然不加留意，旁邊的阿強卻看得清清楚楚……

「他笑什麼？最討厭看到他擠出這陰險的笑容……」然而，教阿強意想不到的，是元峰並沒有拉弓狂射，最後一刻，他把腳腕巧妙一扭，竟然把皮球傳給阿強！

面對這無人防守的偌大空門，這本來是足球員最大的禮物。但這份厚禮的贈予者，偏偏是最令他討厭的元峰！阿強瞧着他，只見對方以輕佻的眼神，從阿強的臉上瞄向球門，似是把這射空門的機會「施捨」給自己。

射，還是不射？

把球射入空門，代表接受元峰的施捨；不射呢？又有違前鋒爭取入球的天性……

「喂！搞什麼？」站在場邊的雄哥看見發呆的阿強，忍不住向他叱喝。此時，撲了個空的偉文已回身趕來。在千鈞一髮之間，阿強還是不情願的將皮球輕輕一送，讓皮球滾進球門。

雖然這只是練習比賽，但大家都發出熱烈的歡呼聲——當然，掌聲不是獻給入球者，而是獻給那位憑着「神級」的運動神經和無私傳送的助攻者！元峰知道，阿強更加明白。

「嘿，好球！」元峰特意走近阿強身邊輕聲地説。

入球後，助攻者跟入球者祝賀本屬平常，但阿強深知這是元峰的挑釁和炫耀。阿強瞥見元峰不經意的冷笑，散發着巨人站在小矮人跟前般的自信，他感到又羞又怒，卻無處發難，就連抬頭互望的底氣也沒有。

「可惡！可惡！我絕不能被這將要離開球壇的廢物羞辱！我一定要還他顏色！」阿強握緊拳頭，心裏默默起誓。

事實上，元峰也沒想過剛才的幾分鐘，竟可得心應手地踢球，經歷多年挫敗的他，當然不會因而妄想自己能重振雄風，他只想趁着這個機會，羞辱一下格外囂張的阿強，特別當看到對方羞怒、無奈的神情，更是大樂。

當綠衣一方於中圈開球後，阿強已像一頭瘋犬，直撲對方跟前，哪管被別人以短傳玩弄得團團轉，他雙眼仍是死盯着皮球。終於乘着對方一次稍欠準繩的傳球，阿強橫身一臥，便把球在中途截下。綠衫一方失去控球權後，立時轉攻為守，幾個人把前路堵住，但阿強狀似蛇行，幾番擺動後，就將幾名防守球員甩到身後。

當然，對方也不是擱在路邊的「雪糕筒」，他們即時回身追纏，再次把阿強逼到左路邊線，並將他的空間一點一點的收窄。阿強踩住了皮球，晃了幾下假身，大家也知道這是虛張聲勢，完全不為所動。元峰走近接應，引來一名綠衣球員前來牽制，卻令本來嚴密的緊逼防守，生出一道縫隙，阿強乘着對方兩名隊員之間的空檔，把球狠狠的往前一推，咬着牙關，死命暴走。雖然防守球員及時起動，但他們跑至十多米後，已被阿強拋離多個身位。

「不是嘛，又來『單刀』？」站在球門前的偉文，眼見剛才被元峰突破防線，現在又受到阿強的衝擊，心中正想咒罵隊友的不濟，但頃刻間阿強已逼近底線，以腳腕扣住了皮球，稍稍調整控球節奏後，繼而兩、三記跨步，再次與偉文短兵相接。

作為守門員，偉文此刻不想別的，只有待準時機，便奮不顧身撲去，哪怕是撲不到皮球，也要盡量干擾對方的控球。

阿強引着皮球，拖着一串碎步向偉文步步進逼，偉文

則像一頭遇上毛線球的貓兒，準備適時撲上去——

「機會來了！」偉文瞄着阿強的腳下球，飛身撲上去，心想必然拿定這球了。殊不知阿強踩着皮球，往後一搓再右拐，將把守最後一關的偉文也放倒在地。隨着阿強連門將也盤扭擺脱，隊友繃緊的神經稍為放鬆，因為面對空門，哪有不入之理？然而阿強並沒有起腳把球送入網窩，只是四處張望，最後竟把皮球回傳，給還在禁區緩緩走上來的元峰。

這出奇不已的傳球，元峰實在始料不及，但發現球速略為急勁，只要稍不留神，隨時會糟蹋這次射入空門的機會。

「嘿！這個賤人面對空門不進球，反而傳給我？這傳射球看似輕而易舉，實則暗藏難度，顯然是想引我出醜！」元峰全神貫注，迎着傳球，踏了兩步助跑，把腳腕的關節鎖緊，以腳內檔輕輕跟皮球一撞——每個步驟、每寸細節，他都格外謹慎，最終皮球依從元峰預期的軌迹，飛進網窩！

「這球空門機會，是我還給你的，幸好沒被你糟蹋！」阿強第一時間得意忘形的跟元峰「道賀」。

「嘿！『腦殘』，你這球跟我的能相比嗎？我是全憑一己之力製造機會，我傳給你的球，大概是坐輪椅的也能把他送進網窩；但你這球呢？別説你剛才為了賭氣，面對空門不射，而刻意把球傳給我，難道你已忘記之前被圍困在邊線，要不是得我引開對手注意，你還有本事突破殺入禁區嗎？以為這樣便算是為自己討回面子？天真！」元峰湊近阿強的耳邊説。

「你——你——」阿強極怒，但又覺得元峰的話沒錯，為免自己失控而丟人現眼，阿強抑壓怒氣：「你走着瞧，我一定會雙倍奉還給你！」

站在老遠的雄哥，當然沒有聽到他們的齟齬，他想道：「才不過五分鐘，已入兩球，若果他倆在正式比賽上能這麼配合，那麼兩天後對戰公民，要贏球又有何難？」

果然，雄哥的「預測」，在兩天後的球賽上應驗了。

裂蹴折射

「隆」的一聲巨響，皮球擊中伏在球門前的阿強後，便反彈撞入公民的球門。

「可惡！對方連運氣也贏了？擊中自己隊友也可以成為入球 ?! 」公民的防守球員不甘心的說。

南華隊友再一次見證「靈異事件」的發生——這一年，無論練習或正式比賽，究竟有多少次，阿強是遭受這「摧毀式」的撞擊而入球？大家一時間也數不清。

就在隊友喝采時，被擊倒的阿強，蹣跚的站起來，他一步一步的走近元峰，雙眼充滿怨念與殺氣，元峰不知有心還是無意說：「你這記進球真漂亮！」

本來壓住怒火的阿強，終於失控的罵道：「你還在說『風涼話』！你分明是對準我射球！可惡！你這個人實在太討厭！」

「但剛才那記入球確是算在你的賬下，嚴格來説，佔到便宜的是人你呢！」元峰這句火上加油的説話拿對方逗樂，但其他隊友正跑過來，便立刻道歉：「這真是無心之失，雖然我也搞不懂，為何每次抽射，皮球都像有吸力般，朝向你身上，我真是無心的！」

「嘩！你這個人真是假情假意，隊友走過來就扮作無辜！」阿強拉高嗓門，跟其他隊友伸冤。

「噢！阿強，算了吧，元峰這次好歹也算是給你助攻嘛……」國培笑説。

「你長了什麼眼睛？他根本是對着我射球！怎算是助攻？」阿強氣炸了肺。

陳旗安慰道：「阿強，進球始終是開心的事，你別動怒！況且整支球隊中，就只有你跟元峰有這化學作用！」

「對呀！若換上是我，受了元峰這記重擊，肯定要往急症室，但你就不同了，因為你習慣了嘛！」徐德亦補上一句。

國培附和：「對！這記『裂蹴折射』，簡直是你們最強的絕招！」

「『裂蹴折射』？這名稱聽起來十分英氣呢！」陳旗説。

「我其實想了很久！元峰那暴烈的抽射，加上阿強如鏡子般的折射反彈，稱這招為『裂蹴折射』，便最好不過！」國培自豪地說。

「嘩！好有漫畫感呢！」

眼見隊友不但沒有理會元峰的「真面目」，反而還不斷替他說盡好話，阿強絕望地自囈：「可惡……你們這羣笨蛋竟然不相信我……」此時元峰圈着阿強的頸項說：「哈！你別這樣想我吧！我們可是『好隊友』嘛！大家說得對，我不是『省』你，我只是跟你施展絕招『裂蹴折射』！若沒有你的軀體，入球也無法出現啦！哈哈哈……」

「……」阿強氣得呼呼作響，像頭老犬，想噬掉元峰。

下半場十五分鐘，計分牌顯示南華已領先四球。元峰十分享受那種控制球局、予取予攜的感覺。五分鐘後，他更在門前接應阿強的傳送頂入一球！入球的興奮，元峰不知遺忘了多久。以往他偶爾嘗過在練習時有好表現，但往往在正式比賽時，瘟神就總會及時附在他身上，令他在球場上消隱、沉淪。

他望向觀眾席，沒有萬人空巷、羣情洶湧的景況，只有寥寥幾十個觀眾，發出零落的掌聲，但遺失了多少年的

成功感，今日卻在糊裏糊塗之下，再次感受得到。

「怎樣？你這記入球，是我給你助攻的！」元峰正享受入球的歡愉時，阿強已閃到他的耳邊說。

元峰迅即回復戰鬥狀態，冷笑說：「你忘記了剛才是誰讓你呆站也可取得入球嗎？是我！」

「你還好意思說——」阿強正想反駁，其他隊友已跑過來。

「好球啊！」常與阿強一起揶揄元峰的國培，不想過於前倨後恭，他只是豎起拇指，簡單地說句鼓勵話。

「不，這是大家的功勞，剛才你也為我引開對手的注意。」聽到元峰如此客氣，國培褪去戒備之心，臉上露出笑容：「好！我們一同努力吧！」之後他退回後半場，返回自己的防守位置。

「啐！你這個人真虛假，明明是不可一世，自以為是救世主，卻在其他隊友面前裝作無私，好噁心呢！」阿強不滿地說。

「是又怎樣？誰叫我踢得好，大家都奉承我。」元峰奸笑應道。

阿強看着對方那副得意相，意氣難平，只能蒼白無力的反擊：「哼！才不過踢出一場半場較像樣的球賽，便把自己當作球星，真不自量力！」

「是又怎樣？我多踢兩場便轉行！你連一個快要成為業餘球員的都比不上，不如也考慮轉行吧！」元峰乾笑了兩聲，逕自的跑開了，阿強連反駁的機會沒有。

「可惡，可惡——」今天阿強在球場上感到前所未有的憤怒，但諷刺的是，這場比賽全賴元峰的幫助，阿強確實發揮出連自己也感到興奮的表現。

「沒想到我們會贏得這麼輕鬆。」當完場的哨子聲響起，助教陳 Sir 詫異地跟雄哥説。

「唔……既可説是意料之內，又可説是意料之外。」雄哥邊説，邊收拾在後備席的雜物。

陳 Sir 不明所以：「嘩！説得很玄呢……」

「練習時我已説過，憑着元峰天賦的運動神經和爆發力，還有阿強的腳法和速度，若果他們能夠像那天踢練習賽般配合，即使甲組比賽，他們也可以成為令人聞風喪膽的搭檔。」雄哥凝望着那對互相挑釁的組合。

「唉，算了吧！」陳 Sir 拍拍雄哥的肩頭：「元峰都已經決定退隊了。」

「所以我才覺得可惜。」雄哥説。

「我不這麼認為……」陳 Sir 續道：「一個球員哪怕是天份再高，但心理素質不行，始終難成大器！元峰就是好例子。沒錯，他有天分，且勤力練習，偏偏心理素質不行，一旦受壓，表現便大大走樣了。你看他決定退隊後，表現便突然好轉。或者他當一個業餘球員，會令他更開心，更享受足球。」

雄哥沒説什麼，或者陳 Sir 説得對，特別是他注意到此刻元峰的臉上，流露出當年被譽為天才，還在麥花臣球場踢球時的那種自信，以及燦爛的笑容 —— 那些年，他只是一個愛踢足球的尋常少年。

當然，區區的一場佳績，而且是預備組的賽事，並沒有為元峰惹來萬人簇擁。他背上背包後，仍是孤單地步出球場。元峰記起雪儀説過，會來看自己比賽，他好奇的四處張望，沒發現她的蹤影，反而見到一個面熟的大叔，正跟另一個大叔，滔滔不絕的説過不休。

「阿爸？你在這裏幹嗎？」那位面熟的大叔正是爸爸戴志偉。元峰一手按着爸爸的肩上，志偉嚇了一跳，僵住了身子，緩緩的回頭，尷尬地笑道：「咦？峰，這麼巧？」

「你……特意來看我比賽？」元峰問。

「哦，湊巧而已！因為今天提早放工，剛好又有朋友邀請我看球賽，便順道來看看而已……」爸爸結結巴巴的應道，元峰立時補上一句：「唏，你別誤會，我不是怪責你來看比賽。以往怕你來會令我分心，現在反正要轉行，無所謂吧！」

爸爸鬆一口氣，説：「今天你踢得很好呀，但我始終覺得你遠射時的力量，可以稍稍收斂，準繩度會更高……」

「你又説着同一番話？」元峰沒好氣的揚手表示明白，實情不想他繼續嘮叨。爸爸亦識趣的住口，頓了一頓，續説：「這樣就決定掛靴轉行，可惜一點嘛……」

元峰皺起眉頭，似乎有點厭煩，他板着臉説：「阿爸，別這樣掃興好嗎？」

「但你真的很有天分，像我年輕時一般……」

「別老是這樣好嗎？我明白你喜歡踢足球，卻當不了足球員，所以便將這夢想放在我身上。但你不能這麼自私，我也有我要走的路，我總不能永遠活在你期望之下！」

爸爸脹紅了臉，竭力壓下嗓門：「你真的認為是這樣嗎？算吧，你喜歡怎樣便怎樣！」爸爸說罷，便走出球場，湮沒在人羣之中。

元峰沒理會他，因為他從來就沒有這份珍惜爸爸的意識——不是什麼童年陰影，只是他覺得才四十餘歲的爸爸未算年老，自然沒有一種「愛得太遲」的逼切。其實，除了足球，他跟父親彷彿沒有半點結連。小時候，爸爸不是帶元峰和表弟浩雲到球場「射龍門」，便是拉着他與一眾 uncle 到旺角球場欣賞南華的賽事。這就是他與爸爸僅有的親子時光，至於其他的時間，他倆都活在不同的時空國度。

「這陣子我的表現極佳，就這樣轉行，是否真的很可惜？」其實，元峰腦海也曾閃出這個疑問，可是，很快地已被另一把聲音蓋過這「妄想」——「你是當不了職業足球員的，你比誰都清楚！近日一、兩場自己的表現無疑很出色，但相比過去六年的一無是處，你認為哪一個才是自己的真正實力？」每當心中響出這些說話，他，總是無言以對。

嘟嘟——嘟嘟——

恰巧此時，背包傳來一陣聲響，元峰伸手往背後一探，便把電話拿到跟前。原來是雪儀的短訊：

「對不起，今天臨時要見客，所以上半場看了十多分鐘便走了，贏了沒有？」

「不打緊，贏了，而且我還入了一球。」元峰邊走邊按着熒幕回覆。

過了不久，元峰的電話響起來，正是雪儀。「哎呀，竟然贏了兼入球這麼厲害，是不是因為我來看你比賽，便特別落力？」她嬌嗔地說。

雖然明知雪儀在跟自己開玩笑，但少與女性接觸的元峰，一時間不知怎樣回應。雪儀聽他良久也沒有反應，便笑說：「唏！真想不到你這麼害羞，我不過是說笑而已！」

「嘿，笑話！我……我哪有害羞？」元峰結巴地說。

「不過我真的替你開心呢！」雪儀正色道：「你現在的語氣多了自信，不像之前般沒神沒氣。相信你今天也很滿意自己的表現吧！」

「我哪有！」元峰否認，但他經過街上的店舖，瞥見櫥窗的玻璃，反光之下卻見到自己的嘴角直往上翹起。

「你騙不了我的！怎樣？有沒有想過改變初衷，繼續踢球？」雪儀道。

「嘿嘿……」元峰乾笑幾聲：「怎麼你跟阿爸都是説同樣的話？唉，我才不會這麼天真！我在足球場上根本沒有前途，連球隊老闆也這麼認為，總之別説這些無謂話吧！」

「什麼？」雪儀聽罷，大感意外的説：「你的 Daddy 真好呢！大部分父母都是叫子女放棄夢想，要過他們眼中腳踏實地的生活，但他竟然鼓勵你追逐夢想，真難得呀！」

「嘿嘿嘿……」元峰刻意擠出更尖刻的冷笑：「阿爸只想我完成他的夢想而已！我聽媽媽説，阿爸年輕時，是個對足球發狂的波牛，還經常幻想要成為足球員。當然，他最後不夠本領實現這個願望，便希望子承父志……唉！其實我最受不了的就是他，我沒必要實踐他未圓的夢想，而扭曲我的人生！」元峰沒在意自己的激動情緒，引來途人側目。

雪儀摸不着頭腦：「你真的壓根兒不喜歡足球嗎？」

「我……喜歡歸喜歡……但不代表有能力成為職業足球員……」

「哈哈！我覺得，你爸爸比你更青春！」

「青春？別説笑嘛……」元峰聽得啼笑皆非。

「是真的，像我們這樣的年紀，對事情看得太老練、太現實，不一定是好事。父母怕我們走『冤枉路』，常常勸我們要腳踏實地，放棄夢想，但世伯竟然比你更明白夢想的重要，你説他是不是比你更青春？」雪儀欣羡地説。

「但追求夢想也不能脱離現實！」元峰反駁：「況且不僅其他人，就連你也有問我，既然在足球方面沒有成績，何不及早轉行？」

「我的説話有這麼重要嗎？」雪儀罵道。

「當然重要！」元峰話剛説完，便感到自己的臉龐迅即火熱赤紅，他結結巴巴的説：「你……你至少比阿爸的意見……較為實在嘛……」

雪儀始料不及，元峰原來如此重視自己的話，她猶豫的説：「笨蛋……總之……我覺得你別老是認為世伯不了解你，可能，他比你更清楚你自己。」

爸爸，真的比我更清楚我自己嗎？

堅持下去，就有奇蹟？

回到家中，志偉已經坐在電腦跟前，看着南華的部落格。元峰有感之前對爸爸過於無禮，於是主動地打開話匣子：「咦，阿爸，又在看部落格嗎？」

「嗯。」爸爸只是回應一下，沒看元峰一眼。

元峰看望志偉的背影，覺得他不似一個爸爸，更像一個大男孩——四十多歲，沒有固定職業，只是充當地盤散工和電視台的跑龍套。有時在電視劇中，看到爸爸飾演不務正業，只顧擠眉弄眼，欺負弱小的「蠱惑佬」，便感到特別惹笑。別人的父親不是都成熟穩重，常告誡子女要多點讀書，努力工作嗎？怎麼自己的父親，竟像一個從沒有意識去規劃人生的「孩子」？

「謝謝你今日來看我的比賽……」話一出口，元峰已覺得這句話是何等生硬。

「嗯。」爸爸又是這樣回應。

這種冷漠的對話氣氛，根本連打開話匣子的機會也沒有。元峰頓了一頓，突然靈機一觸：「我繼續踢球好了。」

「真的嗎？」爸爸突然像發條玩具般動彈起來，朝向元峰，笑得燦爛，像個小孩。

「當然是假，難道你認為我虛度光陰還未夠嗎？」

爸爸聽到元峰這麼說，迅速轉回原本沒表情的臉，但元峰把握話題，笑說：「阿爸，我仍然會繼續踢球，只是不當職業球員而已。」

「但今天你簡直踢出球星風範！」爸爸也作出最後游說：「難道你還不知道自己真是足球天才嗎？無論爆發力、速度和射門力量，你都比隊中任何人突出。你只是遠射勁度過猛，所以影響準繩度，只怪我以前常跟你說懂衝力射球，也許印象太深，令你現在愛以勁射爭取入球，其實以你的能力，根本不用過分依賴遠射而爭取入球……」

「阿爸，你果然就是不死心，難道你不知道這幾年，我這個所謂天才過得怎樣嗎？位置愈踢愈後，由前鋒轉為後衛，再淪為後備；由被眾人期待，到被人訕笑、無視……浩雲才是真正的天才，我只是大家的一個誤會而

已。」元峰說得淡然，這不是把事情看透，而是徹底感到無力。

「峰，別隨意選擇平凡的生活。腳踏實地，是我這些中年人學習要過的生活，你這麼年輕，應該要為理想……」

「唉！怎麼你總是這樣頑固？」元峰按捺不住：「我知道所有父母都望子成龍，但平庸有什麼問題？這個世界大部分的人，年輕時何嘗不是滿口理想，但最後都只得接受自己平凡的資質！況且我不是沒有努力，沒有堅持，但總要給自己底線嘛！」

「峰，真的別浪費上天賜給你的禮物！爸爸曾經亦獲得上天厚待，有很好的足球天賦，但沒把握住。後來我才發覺，若你沒緊緊使用上天所賜的禮物，總有一天會收回，想再尋回？難了！我明白這幾年你很辛苦，但應該繼續堅持下去，正正因為你這麼努力，如果這樣就放棄，你怎樣向十年後的自己交代？」

「阿爸……真正的天才是浩雲，我只是一個平凡人而已……」元峰無奈的說。

「峰，別活在他人的陰影底下，也別介意其他人是否後來居上，你只管走你自己的路，踢自己的足球！這幾年你實在給予自己太多不必要的壓力，結果令你無法釋放身上的潛力。」爸爸説。

「唉……」元峰忍不住歎了一口氣，他實在難以三言兩語令爸爸心死，爸爸反而提起不知哪兒來的興致，說：「今晚不如跟我到球場踢球，舒展一下筋骨吧！」

「什麼？」元峰先是一怔，最後還是應承了。

父子二人走到屋苑附近的一個石矢地球場，球場的另一端，一位年輕的爸爸正帶着一個約四、五歲的男孩在踢球。

「哈哈，當年我也像那個爸爸般，帶着你和浩雲一起到球場踢球，你記得嗎？」爸爸説時，把手上的皮球放下，任由它在腳旁彈跳。

「記得。都是很久以前的事了……」元峰虛應道。

「對呀！當年你才十一、二歲，一點射門的力量也沒有。」

「當然了！那時我的年紀這麼小。」元峰説：「當年我也覺得你很厲害啦！」

「現在呢？覺得我不外如是？」爸爸接着問。

「這也很正常呢！小朋友總是會神化父親的能力嘛！」元峰笑説。

「嘿！竟敢小看爸爸？」爸爸先以右腳搓球，繼而一挑身旁的皮球，皮球立時像被賦予了生命，在他腳背之上跳彈。爸爸喊了一聲：「門楣角！」，便朝遠處的門框大力一踢，皮球劃出拋物線，竟不偏不倚的直墜在門楣角，擊出沉甸甸的響聲。爸爸裝作若無其事，卻禁不住翹出自信的笑容。

「不是嘛！你真是寶刀未老呢！」元峰看呆了眼，對爸爸產生了久違的敬佩。

「再鋒利的刀也有生銹的一天，何況是人呢？」爸爸像一派宗師，把雙手疊在背後，慢慢地徘徊。元峰跟上前，打趣地説：「這句是廣告對白嗎？」

爸爸苦笑説：「事實正是如此，一柄寶刀，無論你使用與否，都總有生銹的一天，最重要是懂得物盡其用，發揮所長。」

元峰當然知道父親又想乘機勸導自己，他先發制人：「哎呀，阿爸，你又想說我其實也是一柄寶刀，要發揮所長，不要隨便放棄嗎？我懂我懂……」

爸爸笑了一笑，沒有解釋，他轉換話題：「告訴你！剛才我射中門楣角，是好運！」

「當然啦！若果你每次也可以隨心所欲射中門楣角，那麼你豈不是比C朗還要厲害？」元峰說。

爸爸把皮球帶到剛才的位置，他再次喊：「門楣角！」然後使勁一蹴，這趟卻剛好擦過門楣角，飛出底線。爸爸失望地歎氣，仍教元峰看得目瞪口呆——儘管這次爸爸沒有擊中目標，但兩次射中的位置，只有毫釐之差，這證明了爸爸精準的射門技術，絕非僥幸。

「看！剛才擊中門楣角，果然是僥幸。」志偉苦笑說。

「這不算僥幸，雖然你沒有命中目標，但差距不遠呢！你是怎樣練習的？現在還有踢球嗎？」元峰在剎那間發現，原來對父親的日常生活，所知實在有限。

「沒有啦！一羣『波友』已沒有踢球，平日我有空的時候，便獨自來到球場，每次也以門楣角為目標，當作鍛煉自己的準確度和腳力……」

「就是藉此練成這神技？」

「要隨心所欲射中門楣，是需要奇蹟，可能射十次、百次，甚至千次都沒有出現奇蹟，你可以作出一千次嘗試後便放棄，就當自己從來沒有作過嘗試，但若繼續堅持下去，成功了，你就是創造奇蹟，而你過往無數次失敗的經驗，就是告訴別人，你的成功，並非全靠僥幸最有力的證明。」

「嘩，阿爸，你教訓人的本領真的愈來愈厲害，説得這麼遠，原來又是教我做人道理……」元峰喃喃的説。

「峰，我不是要教訓你，相反地，我覺得你很厲害，堅持這麼多年，你的努力已可向所有給你機會的人交代，即使你決定放棄，亦沒人會怪責你。我只是替你感到不服氣，既然你已花了六年時間去創造奇蹟，為什麼不多等一會？當然，我不能保證你堅持下去，就有奇蹟。但你這麼年輕，才二十二歲，為什麼不相信奇蹟會發生在自己身上？」

「怎會有這麼多奇蹟？」元峰不屑的冷笑。

「怎會沒有奇蹟？」爸爸打岔道：「你剛才不是見證着我射中門楣角的奇蹟嗎？只要努力堅持，準備充足，輕裝上陣，奇蹟，就會出現。」

「努力堅持，準備充足，輕裝上陣，奇蹟，就會出現！」這幾句説話，是從相處二十二年的爸爸口中，所聽到最震撼的説話。

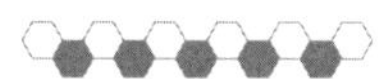

「咦？還沒有睡嗎？」雪儀在 facebook 見元峰在線，特意傳來短訊。

「睡不着，不知道為什麼會這樣……」元峰應道。

「快要進行最後一場比賽，捨不得？」

元峰知道，剛才爸爸的那幾句説話，在他腦裏縈迴不散，但眼見時候不早，他不想長篇大論的跟雪儀説一遍，便説：「嗯，有點不捨，始終付出了六年，很快就要結束足球生涯，不過我沒有後悔，因為已有足夠的證明，轉行是最好的決定。」為免讓自己三心兩意，胡思亂想，元峰特意跟雪儀表明退役的心志。

「這是人之常情，就算一直以來，你過得不開心，但要離開一個熟習了六年的地方，都難免捨不得。」

「對……，你還有興趣來看我比賽？」

「會！看來，我是你惟一一個朋友，見證你的最後一戰！ ^_^」

「嘿！笑話，我……」元峰以鍵盤才敲了幾個字，雪儀已搶先道：「加油呀！你要努力！我已經有為你打氣至失聲的心理準備！」

看到雪儀這番説話，不知怎的，元峰有股莫名的感動：「多謝你！我明天一定會爭取入球獻給你！」按了「ENTER」鍵，元峰便覺得有點不妥——這些話不是應該跟心儀的女孩説的嗎？

幸好雪儀並沒有在意，只以一個微笑的表情符號作回應。

最後一戰

「南華 VS 大埔　預備組聯賽」—— 今天，元峰望着這個不知在其底下經過多少遍的計分牌時，突然泛起依依不捨之情。定一定神後，元峰暗笑自己過於感性，他甩動一下頭部，要驅除這些無謂的雜念，準備投入最後一戰。

延續在對戰公民時的出色表現，元峰在上一場亦送出兩記助攻，讓球隊以二比零擊敗傑志。所以，儘管今場是元峰的最後一戰，雄哥亦毫不猶豫地，任命他擔當防守中場一職。

偉文

超仔	梓康	智豪	士雄
徐德	國培	元峰	志康
	陳旗	阿強	

由於這是甲組聯賽的「前戲」，所以入場的觀眾，只有寥落的數十人，元峰往觀眾席掃視一遍，發現雪儀坐在中場附近，最前排的一列座位。同時他也看到爸爸，他獨個兒坐在高層的位置，也許作為一個老球迷，他知道座位愈高，視野愈廣闊的道理。

這是元峰的最後一戰，其他隊友彷彿亦出奇的落力，似乎要為元峰留下美好回憶。對手甫在中圈開球，陳旗便率先衝向控球的大埔 7 號。對方見他來勢既凶且猛，立刻把球橫傳給隊友 10 號。然而陳旗的身型實在高大，結果皮球碰到他的腳脛而稍變方向，10 號撲了個空，而敏銳的阿強弓步一彈，中途截到皮球，轉守為攻。他邁着大步引球直闖，令本來開球後，仍然鬆懈的大埔隊後防即時處於戒備狀態。

元峰和國培率先從左右兩方搶上助攻，志康和徐德亦在邊線掩至。大埔 4 號橫移，欲堵住去路，阿強引球衝前，晃了兩記假身，但對方不為所動，如磐石般屹立在他跟前。阿強試圖以自己的高速強行硬闖突破，才邁出第一步，4 號已知道阿強的用意，以身體攔住對方，然後轉身以肩頭抵着他，並排而跑。阿強被逐步擠往邊線，眼見他在體形對拚上稍落下風，志康及時從邊線移入中路，支援快將倒下的阿強。不過阿強似乎仍硬要跟對手比拚力氣，堅持約十米後，終於還是後勁不繼。志康加快速度，繞到二人的跟前，而大埔的 8 號守將亦不敢怠慢，努力追纏。

阿強被緊逼至快要倒地之際，右腳拉出一記略帶外旋的傳球。大埔守將先是一驚，其後放緩了腳步，因為球速太快，根本沒有人可以趕上，他們正期待皮球快滾出界外之際，一團黑影竟在不遠處掠過。各人無不一驚，惟獨已倒在地上的阿強，卻裝出一副意料之內的表情 —— 那黑影正是元峰。

大埔守將狼狽地發力狂追，但才起步就發現大勢已去，已追不上元峰。他撲向快要出界的皮球，嘶叫一聲，爆發蠻勁，使勁一剷……只可惜皮球觸碰到他的腳尖後，彈出邊線。

元峰氣沖沖的趨近阿強：「你腳腦不能協調嗎？這球傳得太爛了！」

阿強冷冷的説：「這與我無關，只怪你的腿長得太短了！」

「是這樣嗎？像你哥基犬一樣腿短的人，居然説別人

腳短，真有趣。」元峰冷嘲回應。

二人喋喋不休，互相搶白，大埔一眾球員面面相覷：「真恐怖，他的速度怎會快得這麼厲害？」

「對，我懷疑他不知是否在野生動物園偷走出來……」隊友互相附和。

此時，大埔4號守將接應剛擲出來的界外球，感到身後有股強大的壓逼力。側面一看，正是陳旗。因着二人的體形有明顯差異，4號怕擋不住對方的搶截，打算把皮球回傳給隊友，伏在附近的阿強忽然衝前，途中奪走了皮球！4號轉身便追，阿強沒有把球控穩，第一時間送出一記急勁的直線傳球，直刺向大埔後防的無人地帶，場內又再次掠過一襲黑影，朝向皮球飛奔——

「什麼？又是他？」這一次，站在後備席的大埔教練亦忍不住說。

這趟元峰像極一頭餓瘋的野狼，迸發出最原始的獵殺獸性，他紅着眼的向着皮球狂飆！觀眾見證着球場彷彿陷入被扭曲的時空——除了元峰外，雙方所有球員像被調校至慢速播放，他們愈想奮力追上去，愈顯得無能為力。元峰終於趕在底線前追及皮球，並使勁彎射傳中球，大埔門將舉起雙手，依着皮球的走向，調整腳步，準備在最高點接下，卻發現這球不僅既急且勁，而且旋轉力強，令它的去勢不斷向外彎，不知不覺，把大埔門將牽引至遠離球門。

「糟糕！」當他發覺自己身處不利的防守位置時為時已晚，他斜望見到陳旗正搶先跑在大埔兩名守將跟前，「銅頭」一頂，皮球便飛進網窩。

計分牌尚未轉成 1：0 時，陳旗已像個小孩般，欣喜若狂跑跳一輪，且直撲向在底線前喘氣的元峰。

「不……不要……」元峰顯得有點驚恐，但未及逃走，陳旗二話不説跳上他身上，兩人齊齊倒地，而隊友們亦隨即一湧而上，一個壓着一個，壓在最底的元峰慘叫起來。

「你們是慶祝，還是要謀殺？」待各人散去，元峰不知好氣還是好笑的罵道。

超仔伸出「友誼之手」拉起元峰：「呵呵，別這樣吧！陳旗傷愈復出，便連續兩場取得入球，當然值得慶祝！」此時陳旗又跑到角球旗前，扭動蛇腰般的舞步，臉上繼續掛着傻笑。

元峰站起來後，阿強堆起不懷好意的笑容，緩緩的走過來：「這球不錯嘛！」

對於阿強這句讚賞的說話，教人意料之外，或許是出於一種「人之將死，其言也善」的同理心，元峰沒有驚訝。即使如此，也不代表他們能馬上扭作一團，稱兄道弟，元峰冷笑：「但你這個傳球實在差勁，根本不是傳給人的！」

「嘿嘿，你說得真對！因為我早就料到，每逢你見到我的傳球，就會如獵犬遇到飛碟般，死命的追上去嘛……」阿強說罷，大家登時哄堂大笑。

「你……你……」元峰氣得脹紅了臉，但徐德卻走過來，扭住他的脖子說：「算了吧！今天也是你的最後一場比賽，別跟我們這些『年輕人』計較，待球賽後，我們請你吃飯消氣吧！」

一陣哨子聲由遠而近響起，球證不悅的說：「喂！你們慶祝夠了沒有？如繼續拖延時間，別怪我賞你們各人一面黃牌！」各人頓時四散。餘下的比賽一切也沒改變，阿強依然送出「強人所難」的傳球，元峰亦作出一些令阿強和各人疲於奔命的傳送，若果元峰或阿強接應不了傳球，便立刻遭到隊友羣起揶揄……但面目無光的，不是他倆任何一人，而是他們的對手大埔隊，因為下半場還剩下二十分鐘，南華已經以 7：0 遙遙領先。更可怕的是，雖然各人氣喘如牛，但腳步仍沒有慢下來，因為他們想送一份禮物給元峰——就是讓他取得最後一個入球作送別禮。

時間一分一秒的過去，但大家刻意為元峰製造入球的機會，反而愈來愈少。因為大埔球員洞悉了對手的用意，故此總有兩至三名守將在元峰左右徘徊。阿強眼見這種情況，自己和其他隊友多了空間，他便引球直闖對方的陣地。雖然大埔隊在比分上遠遠落後，但仍然不惜氣力的防守，在下半場才換入的 18 號大埔球員，更亦步亦趨。阿強在球隊大比數領先下，自然不急於作強行突破，而是順勢把球橫傳給後隨的徐德。徐德把球停下後，卻轉身後傳給國培，國培則橫傳給在後半場徘徊的梓康，梓康則把球傳給更後的智豪……

「看來雙方已決定以這個比數完成比賽了……」

「當然啦！比賽早就分出勝負，南華這場的鬥心算不錯，整場比賽在遙遙領先的情況下，仍持續進攻！」雪儀聽到旁邊的兩位大叔以專家的口吻分析賽事。不過她仍很着緊的盯着球賽，因為昨晚元峰應承自己，要將入球獻給她。雖然這樣的承諾，既空泛又老套，但不知怎的，她仍然深信最後的比數必定是8：0，入球者一定是元峰，儘管此刻已經進入補時階段。

球場大鐘踏入91分鐘，智豪突然從後場運勁一踢，阿強股起餘勇向皮球狂奔。鬆懈下來的大埔球員驚覺南華作出最後一擊，儘管他們已嘗試發力狂追，但防守力和專注力不能一下子集中。阿強在大埔防線中找到裂縫，他像一把利刃，直插入禁區，門將能做的，只有拚命的衝過去。他看到阿強雙眼瞄準了球門的右下方，就在拉弓抽射的一刻，門將毫不猶豫，橫身撲救，阻擋這攻球。阿強卻把腳腕一轉一勾，硬生生的將射門改為橫傳。各人朝向皮球被橫傳的方向，赫然發現又是那個熟悉的黑影——正是掙開了對手包圍的元峰！他目怒凶光，咬牙切齒，大有一副將所踏之處夷為平地的殺氣。他奮力一蹴，希望以這記勁射為自己的足球事業謝幕——

「砰！」禁區內響起震耳欲聾的巨響，各人只見皮球從相反方向，由球門直飛出禁區外，整個門框在過了很久仍在震動……剛才的射門，不幸中框彈出。國培很快地定下神來，立刻以胸口截停皮球，準備再直線傳球，給元峰最後機會，可惜元峰尚未截下皮球，已聽到哨子聲長響，這不僅終結了這次攻勢，更終結了整場賽事。

完了，終於完了，六年，我的足球夢要醒了——

元峰雙眼失焦，呆呆的在球門前佇立，他沒看見大埔門將收拾放在網窩內的水樽和毛巾，也沒注意到對方球員垂頭嘆息。元峰的腦海一片空白，是終於能放下堅執多年的理想，生起感觸，還是對未來感到空白一片？

「有沒有搞錯！空門也射不進，你是刻意要我永遠欠你的嗎？」阿強在旁怒吼，令元峰回神。他沒感到冒犯，反而咧嘴笑說：「你是指那次踢練習賽時，那一記即使在門前擱一個『雪糕筒』，也能化成入球的助攻嗎？」

「沒有這麼誇張！」阿強拉高嗓門：「你根本是刻意不進球！明明門將也給我騙倒了，但你還是要勁射！白癡！你以為以勁射破網特別帥嗎？」

「我根本不是這個意思！只是剛才望到對方好像有人想護空門，我才將射門角度調校為刁鑽一點，我豈會預料到竟中柱彈入？」元峰毫不客氣的應道。

二人不斷找碴，互相指責，大埔一眾球員看得出奇：

「他們不是已經取得大勝嗎？為何仍為這中柱球而吵罵不休？」但跟以往不同，元峰和阿強沒有青筋暴現，更像是藉着這最後一次的衝突，作為二人的紀念。

「完了，終於完了」—— 之後，元峰的腦海仍浮現這句話。場上的數十名觀眾一片冷漠，始終只是一場預備組賽事；雪儀和元峰的爸爸在完場後，亦只是淡然的拍掌，沒有激動的傷感；至於元峰，同樣沒有傷感，卻有一種難以言喻、內心被掏空的感覺。是不是一切完結得過於尋常，以至他若有所失？

當然，能夠以一場有體面的勝仗，終結自己的球員生涯，元峰還是舒一口氣。

加時？

「你這個人真是討厭，硬是要我永遠欠你一個助攻，枉大家還說請你吃飯。嘿！我絕不會湊錢請你這個『小人』吃飯！」沒想到阿強在更衣室換衣服時，還繼續呢喃。

「哎呀！你這個人好煩氣呀！怎會有人像你這麼嘮叨，不如我請你吃飯賠罪好嗎？」元峰沒好氣的說。

「你欠我的，不是一頓飯就能抵銷……」就在他們因着這話題沒完沒了之際，雄哥突然召喚元峰和阿強：「你們跟我出來。」看到雄哥這樣煞有介事，二人亦收起胡鬧，一本正經的跟出去，卻發現站在門外的，竟然是足主梁先生！

「梁先生！」即使平日元峰和阿強如何不懂禮貌，在老闆梁先生面前，還是恭恭敬敬。

「唔！聽教練説過，你們近來的表現很不錯！」梁先生説。

「多謝……」元峰和阿強的話才説了一半，梁先生已説：「你們應該都知道，我們的甲組隊，於上星期成功進入銀牌決賽，下週日就要跟晨曦爭奪冠軍。不過球隊卻遇上嚴重的傷兵潮，加上『轉會窗』（transfer window，定期轉會期）已關，我們根本沒可能增兵，所以為了增加後備「兵源」，決定暫時提升兩名預備組球員上甲組隊。與教練商量後，我們決定提升你們。」

阿強聽罷立時展現興奮的笑容，元峰卻顯為得有點為難：「梁先生，但今日已是我最後一場比賽。」

「哈哈，這又怎樣呢？你的新工作，也不過是到我旗下的另一間公司，嚴格來説，你只是轉部門而已，我決定延後你轉部門的時間，這樣沒問題吧！」梁先生笑説。

元峰仍是支吾以對，阿強卻興奮得雙眼發光：「我真的可以踢甲組比賽？且是銀牌決賽？太好了太好了！我更可以順帶還元峰一個助攻，好等我不欠他！」

雄哥板着臉説：「別太得意忘形，你們只是先列作後備，莫説要正選上陣，能否以後備登場也要視乎主教練的意思。」

梁先生見到阿強面上由喜轉悲的表情，便鼓勵他：「努力吧！只要在操練時有好表現，便一定有上陣的機會。」但見元峰仍然猶豫，梁先生拍拍他的肩頭：「你先看看今天的體育版，如果你看後，決定想多踢一場，明早 10 時正，便在球場出現吧！否則，你可上辦公室找秘書 Mia 報到吧！」梁先生説罷，逕自離開。

「今天的體育版？是什麼意思？」阿強似乎對梁先生這句話更感好奇，他率先衝回更衣室，過了片刻，他拿着自己的平板電腦走出來，然後遞到元峰跟前：「你自己看看吧！」

【本報訊】兩支殺入銀牌賽決賽的球隊南華與晨曦，處境迥異，前者近期飽受傷兵困擾，多名主將能夠及時上陣成疑；相反晨曦為求奪冠，更重金邀請現效力川崎前鋒的港產天才前鋒麥浩雲客串一場，力求一舉擊敗南華捧杯，兼取得來季亞洲足協杯的參賽資格……（詳情按此）

「想不到晨曦為了爭勝，竟然招請了你的表弟客串助陣……不過這樣也好，上次友賽我們對着由他領軍的川崎前鋒，輸得一敗塗地，今次或許能夠藉此機會復仇！」

說得亢奮的阿強，沒留意元峰皺着眉頭，他唸唸有詞地呢喃：「浩雲？怎會又是浩雲……」彷彿這個名字，成為他揮之不去的夢魘。

Round 4
抖擻再戰

重新抉擇

「Mia，今早有新同事找你嗎？」上午 10 時 15 分，梁先生致電給坐在辦工室門外的祕書。

「沒有，甫上班就忙個不停，我也想找人來……」Mia 乘勢訴説工作多辛苦。

「好好好，沒事沒事……」梁先生説罷，便匆匆掛線，他知道跟怨氣甚深的 Mia 繼續談下去，沒半點好處，反正他知道元峰沒有依時到辦公室，即是説已經往球場操練，於是繼續忙自己的工作。

半小時後，梁先生因要上洗手間，打開房門，赫然發現元峰，正蹲在 Mia 的桌前執拾文件夾，他忍不住大聲吆喝：「為什麼你在這裏？」元峰和 Mia 頓時一怔，不明所以的望着他。Mia 搶先問道：「有什麼奇怪？不是你叫元峰今天來上班嗎？」

「對……但……」梁先生語塞，他清清喉嚨，續道：「但我剛才問你時，為什麼你説一個人也沒有？我不是約了他 10 時正嗎……」

「老闆，整個早上我也忙死了！實在不知道戴元峰坐在接待處等我，待我發現他時，已立刻安排工作給他，你道我怎辦？」Mia 亦不耐煩應道。

「我不是説你嘛，唉……」梁先生稍作安撫，便指着元峰道：「你跟我進來！」

元峰進入房間，一直都安靜的垂頭，梁先生亦沒有説話，斗室中的氣氛沉重。

「你有沒有覺得今天去錯了地方？」梁先生先打破沉默。

「我不明白你的意思……」元峰雙眼仍沒有正視梁先生。

「昨日你沒看報紙嗎？」

「我有看……」

「你看到什麼？」

「嗯……晨曦請來外援嘛……」元峰的回答像擠牙膏般，梁先生問一句，他才回答一句。

「你究竟有沒有明白我的意思？」梁先生終於不耐煩地問道。

「明白明白，你以為我看到表弟浩雲替晨曦出戰，我會渴望和他再拚一場嗎？」

「……」梁先生待雙方心情平復，才問道：「你不想嗎？你不想在表弟面前，向自己證明你不是一敗塗地？」

元峰也自覺失言，但他實在受不了這沒完沒了的折騰：「對不起，梁先生，其實我想得很清楚，既然我決心轉行，便索性灑脫一點，再踢多少場，分別不大。反而我愈想愈不明白，當初你不是鼓勵我轉行嗎？何解當我有決定後，也是你在阻攔我？」

「之前你的表現不好，在球隊裏實在可有可無嘛！但近期我們覺得你表現愈來愈好，當然要鼓勵你繼續留在球隊。」梁先生的坦白，叫元峰感到不知所措。

「怎麼樣？沒想到我是這般勢利？」梁先生笑說。

「不，難得你說得這麼坦白……」元峰苦笑回應。

「對呀，我最喜歡跟年輕人說實話，因為我很怕你們掌握不到現實情況，苦了自己，又累及他人。談理想，都要視乎現實情況啊！」元峰點頭應道：「所以我才決定轉

行，球員生涯始終短暫。」

「然而在轉行前，你真的不想知道你跟麥浩雲的距離有多遠嗎？還是你怕？」梁先生打岔道。

「怕？」每個熱血男兒，總覺得這個「怕」字特別刺耳。元峰想爭辯下去，卻故作輕鬆：「算了吧，反正我都決定轉行，沒必要證明自己跟表弟有什麼距離。」

「真的？你忘記了嗎？六年前我們整個球壇都視你為曠世天才，而你的表弟亦在你的影響下走上足球路；今日他成為最炙手可熱的新星，而你呢？表現愈來愈低沉，最後卻選擇轉行。」梁先生這番説話，對元峰來説，連他自己也不敢觸及的痛處。任何一個人跟他説這些話，他肯定狂性大發，痛毆那人一頓。偏偏説這話的梁先生卻是曾經投放無數希望、資源和機會栽培自己的人。他低着頭，彷彿受着被人脱光衣服般的侮辱。

梁先生繼續毫不留情：「你是一個很努力的年輕人，但我發覺，你注定是一個不會成功的人。因為你愛跟人比較，又怕失敗，愈在意表現，狀態便愈差，近幾場你表現這麼好，就是因為放下了當球員的包袱，反而踢出水準。你令我最失望的，不是差勁的心理素質，而是你逃避！你退役轉行，的確是可以避開你的表弟，但你總不能避開失敗！害怕失敗的人，失敗就會永遠跟隨你。」

作為一個老闆，痛快地罵人本屬平常，但元峰由始至終都是低頭不語，可見內心被衝擊得幾近崩潰。

「不早了，你先去吃午飯吧！」梁先生説罷，元峰像一具喪屍，拖着後腿離開。「你退役轉行，的確是可以避開你的表弟，但你總不能避開失敗！害怕失敗的人，失敗就會永遠跟隨你！」—— 這頓午飯，元峰記不起在哪裏吃，甚至吃過什麼。他的神經、他的知覺，完全被梁先生那幾句如毒咒般的話佔據着。對元峰來説，這幾句話實在惡毒，它的邏輯是：再次在球場上面對浩雲的挑戰，就是一次戰勝心魔的歷程；若克服不了，即使就此轉行，也等於永遠活在這個陰影之下……

曾經活在自己影響下的影子，最後反過來緊緊地掩蓋自己。浩雲愈成功，元峰的自我形象愈被摧毀得徹底。

「愈害怕失敗，愈難取得成功！」元峰回家後，便啟動電腦。他正感到煩亂之際，就看到雪儀在 msn 的 status 寫上這句話。

「你在影射我嗎？」元峰即時在網上，提出這突兀的

疑問。

「你覺得我在談論你嗎？」雪儀的回覆，更顯耐人尋味。

「但你為什麼會這樣說？」

「噢，剛才跟朋友閒聊，覺得這句話挺有意思，便記下而已，怎麼樣？這句話說中你的要害嗎？」

「沒這回事，我只是隨便問問。」

「喂，你怎麼比女生還要敏感？你不是已經決心轉行展開新生活嗎？還有什麼事？」

「我的確已有新的工作，但還有一件事，就是前天比賽後，老闆梁先生叫我多踢一場比賽，且是銀牌決賽。」

「這不好嗎？假如能夠奪冠，正好成為你退役前最好的回憶。」

「唉，你不會明白的，對方晨曦請來了一位援將，竟然是我的表弟浩雲。」

「就是那個被喻為近年真正的足球天才麥浩雲？」

對元峰來說，「真正的足球天才」這番話特別礙眼，但他沒有立時回應。

雪儀續問：「因為要再次遇上他，你就不想參與這場比賽？」

「不是這個原因，只是我才轉新工作，很多事情還在適應，我想花點時間學習罷了。」

「但連你的老闆也不介意呢！」

「這樣始終不太好……」

「你又有沒有想過，若果你能參與這場比賽，你爸爸可能會很高興的！」

「我知道，但這樣還是不太好嘛……」

「戴元峰！」

雪儀突然煞有介事的直呼其名，元峰禁不住在熒幕前一呆，小心翼翼的應道：「什麼事？」

「你究竟想逃避到何時？」

「我哪有逃避……你根本不明白……」正當元峰繼續敲着鍵盤，仍未傳出這句句子時，便看到熒幕亮出這一句——

「我．命．令．你！要踢這場銀牌決賽！」雪儀這近乎橫蠻無理的喝令，竟給元峰有種莫敢不從的震懾。

「但，為什麼……」元峰生怕得罪這位女皇。

「可惡！難道你忘記欠我一樣東西嗎？」

「什麼？」

「是一個入球！」

元峰恍然記起，上仗對戰大埔時曾承諾會為雪儀進球，但當日他卻「粒顆無收」，想不到雪儀此刻會向他「討債」。過一會，元峰終於回答：「明白了！那麼我就應承梁先生出戰銀牌決賽吧。」

「嗯！總之你這次別再失約，一定要還我一記入球呢！^_^」元峰不禁在熒幕前笑了起來，他沒想到自己明明想了多個推搪的理由，但雪儀那份帶點野蠻的喝令，彷彿帶着強大的支持力量，令他乖乖服從。

「但你一定要落力為我打氣。」

「這個你不用擔心，傻瓜！」

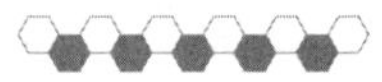

「今天元峰還會回來上班嗎？」第二天早上，梁先生心中總是泛起這個疑問。然而正當他想召見秘書查問之際，Mia已氣沖沖的走進來。

「現在的年輕人真沒用，連丁點苦也受不了！」

梁先生好生奇怪：「是誰令 Mia 姐如此氣憤？」

「不就是那個戴元峰，看他四肢發達，沒膊頭、沒腰骨，什麼責任感也沒有！」Mia 惱怒道。

「元峰？他幹了什麼事？」

「今早他致電給我，竟然要請假一星期，說下週才上班……嘩！他把這裏當成什麼地方？隨便自出自入？老闆，這種不知天高地厚的小伙子，解僱他吧！別要讓他以為自己可以揮霍機會……」Mia 喋喋不休地罵道。梁先生卻泛起老懷安慰的笑容，他估計元峰終於鼓起勇氣，即使失敗的高牆就在跟前，仍敢於盡力面對，哪管成功的機會如何渺茫。

「梁先生，這樣縱容年輕人，其實是毒害了他呢……唉，沒事的話，我先出去了！」Mia 見梁先生不但沒有附和自己的見解，反而心不在焉的傻笑起來，惱怒之下，索性掉頭便走。

梁先生沒理會 Mia，而是立時致電給甲組隊的助教阿培：「那個叫戴元峰的小子，今日有來練習嗎？」

「有，他昨天缺席，所以教練要罰他先跑十公里才可以加入練習，然後他只花了三十七分鐘便跑完了，現在踢分隊練習賽還左飛右撲，體力充沛得難以置信。」阿培報告說。

踏入「聖域」

在日本的體育世界，阪神甲子園球場是棒球界的「聖地」；而東京國立競技場，則是每個做着足球夢的日本男生所希望踏足的「神壇」。至於香港，雖然在一般年輕人心目中，都沒有一處如此熱血的「聖域」，但元峰心裏卻有一個—— 就是能容納四萬觀眾的香港大球場。沒有狂熱的觀眾，沒有令人興奮窒息的氣氛，而且大部分比賽，就連四分一的觀眾席也坐不滿……儘管如此，香港大球場，仍然是令元峰有無盡遐想的主要場地。

小時候，他希望長大後，能夠在四萬名觀眾前，以一己之力殺敗諸如日本、南韓等亞洲足球強國，奪得世界杯的出線資格；幻想着取得入球後，衝向角球旗，張開雙手跪地滑行，擁抱球迷給予的瘋狂歡呼聲和讚美聲……當然，現實是，這不過是一場區區的本地銀牌賽事，是兩支

掀不了全城瘋狂情緒的球隊南華和晨曦的對壘，而且驟眼看來，觀眾席應只有約四、五千名球迷捧場。視覺上明明是淒涼零落，但可悲的是，在香港本地賽事而言，已算是一個不錯的入場人數了。

「這場賽事，相信不用說也知道，是一場很艱巨，卻又很重要的賽事！」在正式比賽前的半小時，梁先生特別走到更衣室向球員訓話：「因為只要奪得冠軍，我們就可以確保來季參加亞洲足協杯！」各球員紛紛點頭，表示明白。

「努力吧！」梁先生說罷，便離開更衣室。元峰只見坐在他身旁的前輩德哥，在梁先生離開後暗自搖頭，便挨到他的耳邊問：「為什麼發愁，我們跟晨曦的實力差距真的很大嗎？」

德哥幽幽的吐一口氣：「唉，小子，你應該知道近年南華的表現的確不及以往，去年更錯失了參加亞洲足協杯的資格，而今季我們在聯賽方面亦未如理想，若果我們今日不能一舉拿下晨曦奪冠，兼取得出戰亞洲賽的資格，恐怕梁先生會放棄繼續投資球隊呢⋯⋯」

「什麼！他發出了最後通牒？」元峰驚訝問道。

「他當然沒有明言，但我們誰也這麼估計……事實上香港球圈就是這樣，搞足球事業，基本上是虧本生意，如果球隊成績不理想，老闆意興闌珊，自然就會放棄投資。我在球圈十多年，這些事情我也經歷不少。」德哥拍拍元峰的肩頭：「小子，聽聞你已經轉行，今次因為球隊兵源不足，才從預備組提升到來擔任後備球員。好呀，你懂事呀！在香港踢足球根本沒前途，早點謀定後路是正確的。我也後悔年輕時不懂這般計劃，如今想轉行也不易。」元峰亦以苦笑回應，事實上，他也搞不清自己的決定究竟是對還是錯？

就在此時，他依稀聽到背包內發出兩通電話鈴聲，元峰掏出電話一看，原來是兩則短訊——

「輕裝上陣，相信自己的能力，享受比賽！別只靠蠻力遠射，稍稍收起力量，好好控制皮球方向，射中球門的機會更大！」(阿爸)

「我坐在大鐘底下的第一排觀眾席，若果有入球，記得跑過來慶祝 ^_^」(雪儀)

元峰凝視着手上的電話，會心的微笑：「阿爸老是說這樣的話！」然後便回短訊：

「今日我只是擔任後備，如果我有機會出場，我一定會享受比賽，全情投入!!!!!!!!!!!!!!!!」

元峰沒數算他按了多少個感歎號，卻深深感受到，隨着比賽的時間一點一點的逼近，自己的內心竟興奮得匉訇躍動！

「總之今仗大家要打醒十二分精神，不能再有閃失！好，出場吧！」教練大喝一聲，眾隊員亦同聲一呼，召喚出男兒的血性與團結。在大家齊心「好！」的一聲回應中，元峰是叫得最聲嘶力竭的。

【南華陣容】

楊家輝

馬志豪　陳文強　祖奧爾　何鑑強

何鑑鴻　楊耀聰　卡路士　韋健邦

陸文軒　祖雲尼

【晨曦陣容】

張健宇

韋施利　巴尼路　何樂高　李敬文

巴迪　候佳　卡路爾　謝偉豪

梁兆偉　麥浩雲

在激昂悦耳的奏樂下，南華和晨曦雙方球員信步走進球場，列隊接受一個簡單而隆重的開幕儀式。元峰坐在後備席，與正選球員在同一水平的視線望向觀眾席，儘管空席甚多，但球迷亦竭力表現出對足球的激情。元峰感到內心是不斷冒出氣泡的沸水，滾燙熾熱。這份依稀熟悉的感覺，彷彿是一個失憶多年的漢子，一剎那重拾記憶，千迴百轉，躍躍欲試，希望即時付諸行動，不惜一切追回失去的時間，彌補失去的記憶……

「喂，元峰，你的雙腿狂抖幹嗎？」阿強以肩頭輕撞元峰。

「哪有？」元峰有點莫名奇妙，垂頭一看，卻見到自己的雙腿，真的抖動得厲害。他恍然大悟的笑了，然後將視線遠望着球場：「嗯，我很想踢球，最後一場比賽，我真的前所未有的渴望踢球。」

阿強望着元峰，他突然覺得，如果每個人都像漫畫描述般，在充滿決心與鬥志時，身體都會釋放出肉眼可見的氣場……那麼，現在正有一股好強大的氣場包圍着元峰！

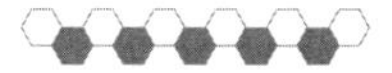

「吣吣——」哨子聲一響，加上觀眾的起鬨，這場球賽便正式展開。由於賽事才剛開始，站在底線後，捕捉拍攝機會的記者趁此閒聊，打發時間。

「其實這場比賽有個鮮為人知的看點，就是一對表兄弟的對決！」阿翁説。

「是哪兩個？」一位體育雜誌的行家搭訕道。

阿翁答道：「就是今仗客串晨曦的麥浩雲！」

「真的嗎？那麼他的親戚又是誰？」附近的幾位新入行的記者聽到這消息，顯得十分好奇。「別賣關子，你是想説效力南華、曾經也被視為一代天才的戴元峰嘛！」經驗老到的攝影記者昌哥打岔説。

阿翁由衷的讚道：「昌哥果然是老前輩，難不到你！」

「哈哈，你忘了嗎？起初你當記者的時候，我曾經和你一起到麥花臣球場採訪東南海杯的賽事嘛。」昌哥將掛在臂上的重型長鏡相機放下，朝向他説。

「哎呀！對，我竟忘記當日是跟昌哥做採訪。」

昌哥憶起往事：「那時戴元峰真的很厲害，技術極好，身體好像鞭子般柔軟靈巧，實在令人看得血脈沸騰。殊不知後來卻愈踢愈差，反而他的表弟成為真正的天才。十七歲的麥浩雲，成為 J League 川崎前鋒的重點培育新星，盛傳就連日本足總亦有意邀請他歸化日籍，希望他代表國家隊出戰……」

聽着這傳説中的「足球宿敵」組合，大家好奇地議論紛紛，爭先追問阿翁和昌哥兩位歷史「見證人」，二人霎時間成為行家追訪的對象——「若果比較天分，你覺得他們誰會強些？」有人問。

「肯定是麥浩雲啦！」昌哥堅定的説：「技術老練又冷靜，心理素質高；至於那個戴元峰嘛，太久沒有看他踢球，記憶中球風的確和他表弟有點相似。不過他由最初踢甲組正選，後來淪落至預備組，看來天分只屬一般而已。」

昌哥的分析合理，這是無庸置疑的，阿翁亦找不到任何反對的理由。或許是識於微時的同情，阿翁卻希望上天憐憫，歸還本來的天分給元峰，讓他在最後一戰中，在觀眾、行家，以及在他的表弟跟前，帶着尊嚴的離開球場。

就在阿翁沉思期間，他感到球場內的氣氛和節奏在瞬間變得急速並充滿壓逼。他和一眾行家憑着敏鋭的條件反射，扛起相機，在「咔擦咔擦」的快門聲中，他們在相機

的觀景窗中看到的浩雲，根本是一位舞者，因為他那優雅而靈巧的控球技術，即使遇上幾名對手咬牙切齒的攔截，仍然從容不逼，一一避開攻勢。縱然南華的球員都嚴陣以待，屯兵在後防，浩雲總是毫不費勁的晃過，最後要不是經驗老到的馬志豪奮力橫身一攔，把皮球撞出邊線，浩雲早已成單刀之勢。

「真恐怖，他與本地球員絕對不是同一水平，甚至跟其他亞洲具潛質的頂級新秀相比，他亦絲毫不落下風！」昌哥這句自言自語的總結，正好説中了各人心中所想。

晨曦的巴迪趁着一眾南華球員驚魂未定，立刻把界外球擲給浩雲，南華的陳文強和卡路士知其厲害，已搶先上前把他夾在其中，希望藉着緊密的壓逼令浩雲失球。可是浩雲輕輕把球往後搓，讓皮球溜給從後趕上的侯佳，侯佳沒等南華球員作出反應，便把皮球直推向南華底線前的無人地帶。眾人一怔，不明白對方竟作出這失去方寸的傳球，但剎那間，他們便後悔有此念頭，因為浩雲不知何時已甩開了陳文強和卡路士的纏繞，像藏羚羊一樣，直朝向皮球躍動奔馳！

「很快！看來他奔跑的速度跟你差不多！」坐在後備

席上的阿強，驚訝地跟元峰説。

「不，或許他比我還要快，雖然他跑得如此飛快，但臉上仍是從容有餘，甚或未盡全力，果真厲害。」聽到元峰這樣回應，阿強覺得十分奇怪，因為與表弟的比較，一直是元峰最不想面對的事情，但此時他可坦然接受自己的跑速不及表弟，而且臉上沒有半點酸溜溜，只有躍躍欲試的決心。

浩雲飛快的在左路底線前控定皮球，立時轉身，準備殺入中路，南華防守線上，動作最靈巧的馬志豪及時擋在他跟前。浩雲信步逼近，馬志豪亦全神貫注，盯着對方的舉動，且戰且退，雙方並列在底線前對峙，隨着浩雲突然變速橫走而打破困局。馬志豪半點也不驚訝，因為前鋒球員慣常朝較大的角度尋找射門和傳球機會，只要緊貼着他，即使技術如何上乘，也只得把皮球往後傳，讓己方能換來喘息機會。然而浩雲卻不按章法，竟然把皮球推向底線，馬志豪自然死命力逼……

「他究竟想怎樣？底線就在跟前，這樣肯定會把球推出界外！」阿翁心感奇怪。

浩雲突然間晃右，即向左拐，動作之快，像留下了一個殘影，馬志豪一驚，在片刻猶豫之際，讓出了一道只容得下一個人穿過的「裂口」。浩雲鑽進這隙縫中，竟踏在白色的底線上引球推進，仿如一個走鋼線的特技人，一線之外已是懸崖絕壁，但在他的眼中，是游刃有餘的「生路」。

眼見這防線的微細裂縫，竟一下子被浩雲弄出缺口，南華的祖奧爾亦急上前包抄，而楊家輝同時棄關而出，目的是封殺浩雲的攻勢。

二人以獅子撲兔之勢趕至，但浩雲引着皮球，嫻熟地在兩腳之間挑撥穿梭，令他們頓變成被逗引得團團轉的小貓！

楊家輝率先按捺不住，上前擒撲，浩雲踏着球往後搓撥，令門將撲了個空。祖奧爾亦即時壓過去，憑着身高腿長的優勢，要挑走對方的腳下球。然而不知怎的，無論祖奧爾如何努力，始終無法觸碰到皮球。祖奧爾腦袋發熱，強行以身材上的優勢把對方擠開，但才一趨近，浩雲心裏暗喜：「果然中計！」他把腳尖輕輕一點一推，皮球剛好在祖奧爾兩腳之間穿過，他隨即閃身避開了對方龐大的身軀。在浩雲眼前的，就只有一個不設防的空門……

「好球——！」觀眾席上發出歇斯底里的歡呼聲，成為浩雲為晨曦先開記錄的悦耳凱歌。「浩雲實在太厲害了……若果是我，能擋得住他嗎？」球隊落後一球，南華各人以至支持者都好生失望，但元峰腦海卻只想着應該怎樣針對浩雲做防守。他感到心中之火愈來愈灼熱，令坐在後備席的他渾身不自在，身體不斷的抖動着——

「喂，元峰，別這樣好嗎？整張椅子也被你抖得發震了。」阿強望向他説。

「對不起，我現在很辛苦，我很想踢球，只能坐在這裏，真是很磨人……」元峰像個毒癮發作的癮君子，阿強實在有種説不出的驚訝，因為元峰對踢足球的瘋狂渴望，是他以往從未見過的。

儘管南華的分數落後，但眾將表現戮力，為求及早收復失地，球隊中腳法最好的楊耀聰帶領隊員展開大反擊，在得到角球或罰球時，祖奧爾、陳文強和祖雲尼等身材高大的球員更伏兵門前，等候機會向對方施以「高空轟炸」，祖雲尼的勁射被晨曦門將張健宇推出底線後，楊耀聰隨即拾起皮球跑到角球旗前，為要爭分奪秒，延續這輪急攻的氣勢。

「喂，這下子南華攻擊凌厲，你看他們能否在半場完結前取得入球？」昌哥在等待機會拍攝時跟阿翁説。

「很難講啊，南華不是沒有機會，只是晨曦的防守亦很頑強，只怕久攻不下，難免會影響球員的自信。」昌哥對阿翁的見解，點頭認同。眼見楊耀聰不斷在角球點上比劃，指示球場伏兵在禁區爭取攻門，而晨曦門將亦大為緊張，呼喊隊友要死盯着幾位身材高大的敵方球員，大家估計到這攻擊將使得晨曦風聲鶴唳。

楊耀聰踢出一記旋轉力極強的外彎球，張健宇走出兩步，發現自己根本不能在半空截下這球，便急退至白界線前，讓巴尼路迎頂解圍，殊不知祖奧爾如一輛坦克從禁區外趕至，由於助跑力強，加上皮球往外旋的去勢，更有助祖奧爾接應來球。眼見情勢危急，晨曦的何樂高亦橫移擋在跟前，但面對祖奧爾兇巴巴的來勢，何樂高猶如螳臂擋車，被硬生生地放倒地上，且阻不了對方頂出一記勁力十足的頭槌攻門。

「嘩！」觀眾席傳來一聲驚歎，驚歎的原因，或許是祖奧爾這記攻門過於正中，又或是晨曦門將如蜘蛛般的靈巧身手，眾人都見證着這位門將把皮球托高。但危機顯然仍未解除，因為球在門前的高點原地墜下，矢志追平的南華球員自然拚命湧往球門去，希望乘亂把皮球送進網窩；至於晨曦等防守眾將，亦在一瞬間在門前築了一堵由身軀組成的「血肉長城」，祖雲尼最快搶佔到有利位置，但巴尼路同時跳起爭頂下，祖雲尼的頭球剛好撞在韋施利的身上；正當他想乘勢解圍之際，皮球卻又彈到楊耀聰的跟前，他想也不想就施以一記怒射，頂在門前的晨曦球員侯佳頓時跪下，雙手掩着小腹。但此刻誰也顧不上他，因為皮球彈出後，還是落在南華的韋健邦腳下。他瞄準了前柱的罅隙抽射，眼看皮球直飛越白界之際，晨曦的卡路爾橫身伸盡右腿，終於把皮球攔在門外。韋健邦嘗試衝前補中，臥地的卡路爾急腳橫掃，快一步把皮球踢走，剛好落在隊友巴迪的腳下。在飽受對方門前連番炮轟下，他亦不敢怠慢，直接大腳勾消。

正當誰也以為這不過是一次隨意的解圍時，浩雲正朝向皮球的落點極速奔跑，此刻久攻不下而稍感泄氣的南華球員，驚覺剛才的瘋狂進攻，令後防十分空虛。他們只能眼巴巴的望着浩雲踮起腳尖，如一塊磁鐵般將皮球穩穩的黏控下來，跟着他便繼續狂奔！

「真恐怖！能夠在高速跑動下，還能把球控得這麼穩妥，簡直不可思議！」元峰由衷的佩服。

南華的馬志豪已拚出餘勁，死命的追纏着浩雲，雖然他已全速奔跑，但跟浩雲的差距卻被一點一點的拉遠……

此時，觀眾席上歡呼起鬨，與南華眾將深感大禍臨頭，成強烈的對比。

相比起晨曦門將，得到由隊友所築起的「熱血長城」的協助，力拒來犯；當下南華的門將楊家輝，卻如一頭被拴在柱子的山羊，靜待被宰；或充其量在劊子手行刑時，作垂死掙扎的撲擊。當然在浩雲眼中，一切的努力都是徒然。他瞄準球門的右上邊一蹴，然而皮球「颯」的一聲，像箭一般急勁直竄向左下方的死角。球速之快，莫説期望門將能作出反應撲救，就連眼睛也追趕不及目送皮球入網。當球網晃動之時，楊家輝才看清楚皮球已在網窩內招搖地跳彈。

元峰和阿強看着計分牌，南華由落後 0：1 轉至 0：2，再望望大鐘，指針已走到上半場 45 分鐘的盡頭，他們也瞧見同樣坐在後備席上的梁先生，由失球前情緒激蕩，緊張地喊叫，到此刻重重的把頭垂下……此時球證吹起半場完結的哨子聲，總算令士氣快要盪然無存的南華，能稍稍調整整體的心情。

阿強和元峰準備隨隊友返回更衣室，助教培哥向他倆說：「你們不用進更衣室開會了，就趁中場休息時段在球場內練習練習吧！」接着便留下幾位慣常坐在後備席的隊友，逕自往球場方向走了。

「咦？這是什麼意思？為什麼不用我們進更衣室？」阿強大惑不解。

「你不明白嗎？通常那些入替機會不高的後備副選球員，都不用指望在中場參與會議，教練通常鼓勵我們趁此機會做點熱身，總好過沒事可做。」在後備席呆上兩年的偉雄說。

「什麼？即是說今天我們根本沒有上陣的機會？」阿強震驚得瞪大眼睛。

「這有什麼出奇？難道你以為自己真的這麼本事？剛從預備組提升至甲組，便可以在決賽上陣？除非球隊一早已遠遠落後，你或可在『垃圾時間』中上陣。」偉雄不屑的冷言。

元峰沒有作聲，理性上，他早就知道作為一個後備席

上的次選，這是合情合理的結局；可是他的理性卻無法壓過內心的失望之情。

「你還妄想自己像動漫中的天才球員嗎？在餘下的時間好好為隊友打氣，然後便正式投入新工作吧！」元峰暗罵自己，理性與感性之間的矛盾，令他內心愈感躁動不安……

「喂，到場中踢踢球吧！你剛才不是説很想踢球嗎？要爭取機會，要不然下半場我們又要呆在後備席。」阿強語帶無奈，元峰亦苦笑附和：「就趁機發泄發泄吧！」然後他像蠻牛般衝進球場，朝向停在中線附近的一個足球猛力一蹴，球兒立時猶如裝上推進器般高速發射。雖然皮球在中途已偏離球門航道，但球速依然沒有慢下來，且正朝向幾個圍着閒聊的體育記者轟過去！

面向球場的阿翁率先看到炮彈一樣的皮球直飛過來，他大喊：「走！」他和幾位行家立時蹲下或四散的一刻，皮球已在他們聚集的地方掠過，最後撞至觀眾席前排的圍欄才停下，有些球迷已嚇得尖叫或舉起雙手作擋格。

阿翁與幾位行家隨即追縱「肇事者」是誰，他們發現球場中線附近，有一個人不斷揮手作揖致歉。阿翁提起裝上長焦距鏡頭的相機，充當望遠鏡一看，發現正是元峰。

「是戴元峰射過來的。」阿翁説。

「什麼？」有位新入行的記者大驚説：「不是嘛，這人身處的位置，距離我們超過五十碼，香港怎會有球員擁有這樣驚人的力量！」

「哈哈，一點也不出奇！」阿翁笑説：「我跟南華預備組的教練雄哥很熟，他告訴我這個戴元峰有『人間兵器』的外號，意思是他那力量大得可怕卻欠準的射球，是一件可殺人的武器。」跟着，大家都在這短短的中場時間，聚精會神，留意球場內的一舉一動，生怕「流彈」隨時來襲。

垃圾時間

下半場快要開始，只見南華隊員步出球場時，神色凝重，似乎已預見下半場的艱巨。球賽重新開始，晨曦仍是先由浩雲控球，他橫移幾步後把球傳給隊友侯佳，面對南華的陸文軒上前攔截，他立避其鋒，把球回傳給巴迪，而巴迪又再後傳給後防隊友，擺出一副以靜制動的姿態。已落後兩球的南華，根本沒有慢下來的本錢，如想取勝，就只有在下半場盡快爭取入球，所以楊耀聰、祖雲尼和卡路士等亦向控球的晨曦球員作死纏式攔截，希望能夠逼出失誤，製造入球機會。不過，領先兩球的晨曦，放鬆心情迎戰，表現反而更加如魚得水，在幾回後場短傳後，便突然送出一記長傳，浩雲衝前接應，雖然卡路士和韋健邦已抵在他身後，但浩雲這次故意一閃，二人來不及反應，讓皮球漏走。皮球剛好落在由左路殺上的晨曦隊員謝偉豪，這位長髮披肩的翼鋒球員，沿着邊隊疾走，眼見南華球員還未及返回禁區防守，便彎出一記傳中球，祖奧爾衝前以圖解圍，但晨曦的卡路爾卻從後搶在祖奧爾跟前，迎頭飛頂。「颯」的一聲，皮球便在門將和近柱的夾縫間鑽進網窩！

「三比零！大局已定！」下半場才開賽兩分鐘，南華便再失一球，昌哥大感沒趣的説。其實，感到沒趣的，又豈只是他？南華眾將個個面如土灰，眼神渙散，梁先生更禁不住掩面，顯出一副不欲觀之的模樣……餘下的四十多分鐘，究竟是絕地反擊的時刻，還是大局已定的「垃圾時間」？

「偉雄、阿強、元峰，你們快點熱身吧！三分鐘後你們上場。」助教培哥説。

「什麼？我們……」阿強想問下去，培哥便已不耐煩的打岔道：「快！快！快！別磨蹭！待會元峰踢左中場、偉雄任左後衛，阿強你踢進攻中場！盡力而為就可以了！」

三人不敢怠慢，快快走到場邊熱身，阿強面上流露出興奮的神情：「沒想過我真的可以在決賽上陣！」

「我早説過，只要球隊取得大勝或遠遠落後，這些

『垃圾時間』才是我們出場的機會。」偉雄卻顯得冷靜。

「那又如何？還有40分鐘嘛，説不定就是憑着我們反敗為勝，成為贏球英雄呢！」阿強雙眼閃出無窮鬥志。

偉雄應道：「哎呀，你別妄想吧！若果我們入替後，而球隊沒有再失球，已經是一件很了不起的事了！」阿強睥睨他：「真沒趣！既然有機會落場踢球，就要爭取勝利嘛！我們又不是什麼分析員，不用考慮取勝機會率！」跟着又狠狠的拍打元峰的肩頭説：「喂，『老坑』！餘下的40分鐘，一定會想辦法還你一個簡單的助攻！」元峰先是失笑，然後裝出一副囂張的樣子：「就憑你這『廢柴』？哈哈哈！」

「嘿！麻煩Uncle你跑快一點，待會別因速度不夠而抱怨我的傳球！」阿強反唇相譏。

「放心！必要時借助你的身體，讓我施展『裂蹴折射』，肯定能反敗為勝！」元峰鬼馬地笑説，又再次將快樂築在阿強的「悲劇命運」之上。

「啐！若果真的能反敗為勝，我也不怕多受你一次攻擊，反正邪不能勝正，我是絕對不會被你這種『邪惡勢力』擊敗！」阿強翹出一絲笑容説。「喂！出場了！」培哥大叫一聲，他們三人立刻乖乖的走到中線附近等候入替。

何鑑強 OUT　偉雄 IN

楊耀聰 OUT　阿強 IN

韋健邦 OUT　元峰 IN

究竟有多久沒嘗過在數千名觀眾注視下踢球？元峰已記不起了，只是眼前黑壓壓的人頭，叫他在剎那間視線失去焦點。

「真好啊！我們終於可以同場比賽了！」元峰回神一看，正是浩雲。

「多多指教……」元峰有點生硬的說，事實上，他倆現時在球壇的地位確是雲泥之別，元峰垂下頭來，顯得尷尬。

浩雲突然挨到他的耳邊說：「加油呀！表哥！能夠跟你對賽是我多年的心願，千萬不要放棄！我在上半場刻意留力，就是等待你上陣時能跟你盡情比拚！」

「什麼？他在上半場有所留力？但表現已經這麼厲害！」元峰一愣，他知道浩雲不是揶揄自己，且真是發自內心，這一驚非同小可：「我怎可能追上他？我不可能追上他……」元峰明白自己不能分心，狠狠的搖了搖頭，希望能摔走胡思亂想。當元峰回過神來，已見到浩雲接應隊友的傳送，引着皮球直衝向元峰的跟前，似乎巴不得立即要跟兒時的偶像正面交鋒……

哪管浩雲晃了幾次假身來擾敵，元峰亦不為所動，雙眼死盯着對方腳下的皮球。他以捕獵者的姿態，凝神靜氣，在千鈞一髮間，探腿一挑，稍稍觸碰到皮球。浩雲同時以腳掌內側往右方一推，總算避過了這次攔截。可是元峰的右腳才踏入，左腿又朝向皮球一探，浩雲一怔，立時向横躍開，避過對方兩腿的纏繞，將皮球收在自己的控制領域之內。

「可惡！他護球的能力實在超強！元峰的動作已很麻利，但麥浩雲竟然還可以牢牢地控制着皮球！」阿強暗忖。兩人像大鬥腿功的武林高手，元峰始終無法搶得浩雲的腳下球，但浩雲同樣無法擺脱元峰的糾纏。浩雲連番嘗試了變速與急停，元峰仍然能勉強跟上這難以觸摸的步伐，但畢竟這突如其來的巨大運動量，卻令他的雙腿肌肉乳酸大大增加，終於在糾纏多個回合後，元峰把腳急停的一刻，雙腿發痠，踉蹌的栽在地上，浩雲當然毫不客氣，揚長而去……

「莫非這就是我跟他的距離？」跪在地上的元峰，望着愈走愈遠的浩雲，只有認命和絕望。他的視線隨着浩雲的遠去，一直往後移，驀然，他發現設置於南華球門後方的電視大屏幕，出現一個熟悉的特寫面孔——

「是雪儀？」

或許是雪儀的打氣，格外的聲嘶力竭和面容扭曲，吸引了大會攝影師，將鏡頭定焦在她身上。屏幕上也捕捉了坐在雪儀附近的觀眾的表情，他們都以怪異的眼神斜望着她，成為一幕有趣的畫面。然而在元峰眼中，他只看到從雪儀的口形，吐出這句説話：「起來！起來！不要放棄呀——」元峰的腦袋一片空白，他沒想到什麼，像是中了魔咒般，他站起來，朝向己方的禁區大步疾走。上半場已十分厲害的浩雲，下半場的他，更是一輛全速前進的跑車，見人過人，無人能擋。他引着皮球，以蛇行式推進，南華門將楊家輝已預計浩雲會以假身、假腳等虛招誘騙他，但對峙的一剎那，他還是輕易被浩雲晃過。再次面對偌大的空門，浩雲沒有選擇「腳下留情」，毫不猶豫的將皮球送向空門……

「吼——」突然間，後面傳來嘶叫聲，浩雲的眼角盡處，同時瞟見一團黑影閃現——元峰！此時見他橫身在草地上飛剷滑行，就在皮球正要越過白色界線之際，元峰勉力蹬直腳尖，往橫一勾，把皮球的方向改變，剛趕及回防的祖奧爾奮力一轟，皮球直飛出邊界線外——

「好球——」球場頓時響起熱烈的掌聲和高頻率的尖叫聲，這些讚歎的聲音，都是給予不可思議地死守空門的元峰，即使浩雲也滿有風度的輕輕拍掌讚賞。元峰再次抬頭看看屏幕，鏡頭已沒有捕捉雪儀，反而將焦點定在自己身上。這刻他看不到雪儀的打氣模樣，但在這片熱烈的掌聲中，元峰彷彿感應到雪儀那份為他歇斯底里的歡呼。

縱使這次救球，無助拉近兩隊的分數，卻至少稍為激勵南華低沉的士氣。他們漸漸從雜亂中，再次重整進攻的秩序，將戰線全面壓向晨曦，只是對手決意囤積重兵於禁區旁，令南華想進一步深入腹地顯得舉步為艱。卡路士和祖雲尼先後從禁區外施射，最終仍是無功而還，及後陸文軒的遠射，亦被排得密麻麻的晨曦防守球員擋出，輾轉下皮球彈落在元峰的跟前……

「射吧！怒射吧！」一把來自靈魂深處的聲音呼喚着元峰，他拔足前奔，將全部力量集中於左腳，奮力一蹴——皮球轟出！似撞到什麼東西，只見晨曦的老將巴尼路突然「噼啪」一聲倒下，皮球再次彈回元峰的腳下。他二話不說，再施以一記怒射，而這記沒準的射門，剛好打中侯佳的膝蓋關節，對方像被嚴刑拷問的犯人，受不了折磨，當場跪下。殺得眼紅的元峰衝前準備再施轟擊，晨曦的韋施利懷着「慷慨就義」的決心，死命的把皮球踢走，總算令這場浩劫停止蔓延。

巴尼路躺在地上全沒反應，侯佳則抱着自己的右腿輾轉反側，痛得死去活來，球場像經歷了一場「恐怖襲擊」，球證迅即暫停了賽事和召喚場內的醫護人員。此時「獸性」稍為消退的元峰，眼見對方球員相繼被自己「殘害」而倒下，亦立時跑往致歉。對方心中有氣，但明白元峰這樣無的放矢的射門，只是能力所限的無心之失，故此他們按下怒氣，沒有發作，只是揮手打發元峰離開。然而，球場內所有人看到這可怕的一幕，都因着這位「球場屠夫」巨大的殺傷力而耳語。

幸好經過一番治療後，侯佳已能站起來繼續比賽，至於巴尼路被皮球擊中氣門，雖然短暫昏倒，但被救護隊抬出場時，已回復清醒，稍事休息後，亦再次返回戰線。南

華隊經驗較老到的馬志豪走近元峰耳語：「踢得不錯，但可冷靜點，多留意隊友的位置！射門時不須運盡所有氣力，力道放輕點，能有助提高準繩度！」

元峰一時呆住 —— 這些意見，其實父親不知重複了多少遍。他內心泛起莫名的歉疚，因為自己的自以為是，他竟一直把用心的意見當成廢話。

「喂！接球！」馬志豪向元峰大嚷，便把界外球擲給他。元峰深深吸一口氣，定一定神，縱觀前場雙方球員的布陣，晨曦的球員不僅全軍退守，而且採取「人盯人」戰術，封殺了所有具威脅的傳球點。此時他看到遠處的阿強，指着對角的底線，元峰咧嘴一笑，他心想，要撕破晨曦密集的防線，可能必須要送出一些強人所難的傳球才行，而最合適的接應者，當然是事事也要跟他逞強的阿強！

元峰控球橫帶幾步後，忽然毫不留力的向晨曦底線前大力一蹴。馬志豪攤開雙手以示無奈，各南華隊員也對他這記動機不明的射球顯得難以理解，惟獨阿強，他明白元峰的用意，並將步速提升至極限，懷着夸父追日的決心，朝向那看似遙遠而不可及的足球奔跑。

晨曦的後防球員起初以為這球會直飛出底線，故而不屑一顧，但漸漸他們露出猶豫、錯愕或驚訝的表情 —— 眾人見到阿強變成跳遠選手，他在距離底線前幾米躍起，並施展空中跨步，雖然他衝力過猛，直撲出底線，但他竟能在半空中以橫飛的身體攔下皮球！晨曦的韋施利即時跑上前截下皮球，坐收漁人之利，阿強不甘皮球就此被對方盜去，立刻撐起身子，咬緊牙關，拚命追纏，決不讓對方輕鬆解圍。果然韋施利在阿強的力逼下，匆忙間竟然把球交給剛好迎上衝過來的元峰！

「糟糕！」晨曦隊員驀地震驚，他們估計這名「球場屠夫」大概又會「發炮亂射」，將釀成新一輪傷痕纍纍。「別只靠蠻力遠射，稍稍收起力量，好好控制皮球方向，射中球門的機會更大！」當皮球落在元峰腳下的一刻，他的腦海中，不知怎的竟浮現起這幾句話 —— 正是爸爸一直以來，如鬼魅般跟他呢喃的勸告……「沒錯！我要命中目標，若果連球門也射不中，力量再大也沒用！」元峰瞄準球門，發現射門的彈道上站了兩名晨曦球員，他作勢抽射，二人稍稍生怯，旋即準備側身擋球，免受正面撞擊。但元峰這記是虛招，他把皮球橫引，推球至沒人阻擋的彈

道，便第一時間拉弓抽射，在觀眾「嘩」的一聲伴隨下，皮球直飛向球門。這記射門的力量不及剛才的猛烈，但晨曦門將不敢抱接皮球，只是以雙掌拍出，皮球卻不幸落在南華祖雲尼的跟前。祖雲尼本着前鋒的反射神經，及時伸腿一挑，這記補射，叫門將欲救無從……1：3！南華總算在70分鐘追回一球。入球後，祖雲尼立即從網窩裏捧着皮球跑回中圈，爭取所餘不多的比賽時間。

「雄哥，預備組竟有兩個傻勁十足的球員？一個無論傳球和射球都擁有驚人的力量，一個明知難以接應這球，仍死命的追趕……」助教培哥搭着雄哥的肩膀說。

「對！這兩個傢伙真是傻的可以，但踢足球，其實應該要有此傻勁的！」雄哥自豪地應道。

足球比賽跟戰爭一樣，勝負的分野，有時不在於實力，而是士氣。「彼竭我盈，故克之。」這是上中文科學懂的金科玉律，正好體現在這場比賽之上。南華自攻入一球後，士氣大振，不過晨曦的防守亦固若金湯，即使南華佔有壓倒性的控球權，真正致命的攻門其實並不多……

時間一分一秒的過去，阿強明白球隊即使主導賽事的節奏，若不能撕破對方的防線，一切都是徒勞無功，情急之下，他擠出一記異常急勁的直線球，元峰剛拔足起跑，皮球已經飛出底線。

「喂！為什麼你起動得這麼慢？」阿強抱怨說。

「與我何干？是你傳球太爛而已！」元峰瞪眼應道。

在旁的兩個晨曦球員竊笑，心想在落後兩球之下，球員還出現內鬨，焉能有反勝的道理？

阿強似乎毫不認為是自己的問題，接下來同樣傳送一記難以接應的球，元峰極力發飆，結果仍是趕不及在出界前截停皮球。

「真沒用！又接應不到！」阿強煩躁地投訴，此時偉雄忍不住插嘴：「明明是你傳球的力量太大，你還反過來怪責元峰？」

阿強頭也不回，語調堅定的說：「根本是他的問題，他能夠接應得到的！」

「能夠接應得到？」偉雄十分錯愕，這些不合情理的傳球，怎能期望隊友能接應得到呢？

「你繼續這樣傳球吧！下次我定能接應得到！」沒想到，元峰的回話更是匪夷所思。

矢志以防守反擊戰術迎戰的晨曦，雖然截下皮球後，都以浩雲為傳送目標，但在南華的重點看守下，亦大大減低了他控球的機會。阿強得到隊友的協助，再次搶到控球權，這一次，他又堅執地使勁一蹴，喚起元峰像獵狗追飛盤的天性，不問情由的追着皮球。「真麻煩！你這個人，為什麼這樣固執……」偉雄喃喃的抱怨，而晨曦的球員亦樂見如此狀況，頃刻，一襲黑影以同樣的速度隨着元峰暴走，從其背上的球衣號碼，各人都認出，正是浩雲！

「不用追嘛，他根本不會追到皮球！」正當隊友奇怪浩雲為何如此拚命追纏，他們發現，這次元峰竟不知憑着哪裏來的能耐，在邊線前截下皮球，若非浩雲追至身旁，元峰已長驅直進，直入禁區。殺紅了眼的元峰，沒用假身，沒以時急時緩的變速擺脱對手，而是毫無保留的暴走，誓要用這原始的方式，與浩雲一分高下。二人如一對並駕齊驅的戰馬，在邊線上絕塵飛馳，踢法硬朗的元峰以肩頭與浩雲比拚互撞，試圖以體格上的優勢逼退對方。殊不知身軀略顯瘦削的浩雲，絲毫不落下風。「真想不到表弟竟鍛煉得這麼強壯！」元峰心裏驚歎，眼見底線逼近，若再不能擺脱對手，進攻的機會恐怕白白浪費。於是元峰急停，扣定了皮球，浩雲見狀，嘗試立刻停步，但身子仍不受控，滑行數寸才止步。雖然只差毫釐的距離，但元峰把握着對方未及調整步伐的瞬間，立時提起右腿，踢出傳中球。想不到浩雲的運動神經居然如此敏鋭，慌忙間仍能伸腿攔截。不過元峰只是作勢傳球，當他的腳掌觸碰到皮球，他把自己當成圓規，以左腳為重心，右腳則帶着皮球劃了四分一個圓，然後，他爆發出驚人的起動力再次疾走，一下子甩開浩雲兩個身位——

浩雲暗叫不妙，即時發力狂追，但那落後的兩個身位，已成為他倆不能彌補的距離。元峰乘勢壓入底線，而南華的祖雲尼和陸文軒亦衝入禁區，令本來自恃防守得滴水不漏的晨曦球員大為緊張，立時方寸大亂的湧向元峰，試圖封截所有禁區內的傳球路線。沿着底線推進的元峰，突然間以右腿往外一撬，皮球出奇地彈出禁區之外，正當雙方球員都對這怪異的傳球，感到莫名奇妙之際，才驚覺竟讓出了廣闊空間，給無人看管的阿強。阿強控定皮球，稍稍瞄準了球門，直射向球門的右上方。由於禁區內結集了雙方球員，重重的身影不但沒能擋住這次射門，反倒遮擋了晨曦門將的視線。結果當張健宇發現皮球的來勢時，一切已太遲，「颯」的一聲再次在網窩內響起……

「Goal——！」球場的大屏幕再次顯示入球的畫面，2:3！下半場84分鐘南華再入一球！席上的幾千名觀眾，興奮得瘋狂叫囂，而一眾南華球員明知時間只餘6分鐘，但仍禁不住攬着元峰和阿強，鼓勵一番。

「嘿嘿，這記射門你處理得很好呢！」元峰上前與阿強擊掌慶祝。

「可惡！本來是要還你一次助攻，殊不知最後竟然多欠你一記助攻！」阿強皺起眉頭，裝作不服氣的説。

「還有6分鐘，你還有機會，但請你不要老是給我一些難接的傳球好嗎？」元峰仍把握機會搶白。

時間一分一秒的過去，比賽已進入最後四分鐘的補時階段。南華逼得一記角球，為求追平，就連門將楊家輝也跑進對方的禁區，以增加己方的入球機會。卡路士彎出角球，原本蠢蠢欲動的禁區，更立時騷動起來，雙方球員像四散的螞蟻，就是為了爭搶機會。可是皮球卻不識趣的在眾人頭頂前掠過，朝向底線彈走，正當誰也認為晨曦會獲得一記龍門球之際，一頭獵豹，不！是一名球員飛身劏截，在皮球出界前把它截下！這人不是阿強，不是元峰，而是浩雲！

「嘩！不用這麼拚命嘛！」昌哥説時，仍以鏡頭瞄準球場上皮球的去向。

「這個麥浩雲真有超班的視野和能力！當其他隊友只想能盡量拖延時間，死守勝果時，他仍然等候機會，置對手於死地！」球場內，雙方球員已累得在球場上踱步，阿翁遠望着浩雲，他卻引球疾走，直闖向對方球門，南華後防只剩下在中圈附近看守的陳文強。儘管浩雲已不惜用盡體力激戰了 90 分鐘，但他體內彷彿設置了一所小型核電廠，仍擁有源源不絕的氣力，他晃一晃身，便輕易的避開了陳文強乏力的糾纏，眼前就只有一個空空如也的球門。「沒了，這趟死定了……」眼看己方的後防中門大開，大家都意會到，一切掙扎亦到此為止……驀然，元峰慘烈地嘶叫一聲，儼如一匹野馬，提起身上所有的餘勁拚命奔跑，他身上的紅衣白袖，跟球場上的綠茵形成鮮明的對比。在觀眾席上能縱觀全局的球迷，看到根本無法追上阻止浩雲射空門的元峰，仍然堅執地從前場一直狂奔追着浩雲的身影，那份悲壯，竟喚起了球迷的憐憫，「加油，快追！加油，快追！」之聲在觀眾席上此起彼落。浩雲回頭一看，驚覺元峰雖跟自己尚有一段距離，但身上那股殺氣和逼力早已重重包圍着過來……

「只要我能夠射進這球，對方便沒有掙扎的機會！但現時距離球門仍太遠，要再走近一點才確保把球送進網窩……」浩雲不時往後回望元峰，本來平靜如鏡的內心，不知不覺已緊張得由漣漪震動成海浪。只見元峰擁有不知哪裏來的動力，竟能愈跑愈快，轉眼間已逼近浩雲。浩雲見狀大驚，心想現在跟球門還有約三十碼的距離，但若再猶豫，被元峰追上可就麻煩了。於是他匆忙起腳，可是才把球踢出，浩雲感到身體各處的神經線，在元峰無形的壓逼下變得繃緊，雖然皮球仍朝向球門方向滾去，但總欠了平日的隨心所欲。

「沒了……」當看到浩雲起腳射門的一剎那，全場觀眾的打氣聲頓時遲緩，大概覺得2：4已成為不可改變的戰果。只是元峰的步伐沒有慢下來，他仍然奮力衝向球門，就算他知道與皮球之間是一段人類無法突破的物理距離；即使感到心臟的負荷已到了臨界點，還是拚命的追趕！除了「噗通噗通」聲以外，他什麼也聽不到……這究竟是皮球的跳彈聲，或是心臟不勝負荷的警號，又或是自己的球員生涯，進入最後倒數？

清脆「砰」的一聲，元峰立時清醒過來，他聽到觀眾由沉默轉至起鬨，也聽到浩雲失望的感歎聲——皮球最後竟然撞在門柱之上！因為射球後，浩雲並沒有追上來，令元峰輕鬆的截下彈柱而出的皮球！

觀眾席上又是一陣熱烈的掌聲，雖然這次元峰並沒有展現出什麼超乎常人的能力，但若不是憑着那股鍥而不捨的決心，恐怕浩雲已輕鬆地射成 4：2 了。

由於賽事已進入補時階段，計分牌上的大鐘指針已停止運行，球賽會隨時完結。元峰奮力把球交給中圈附近的陳文強，跟着陳文強立時順推給上前接應的卡路士，侯佳見狀，亦急急地擯着卡路士，不容他轉身，南華只有傳給不遠處的祖奧爾，祖奧爾第一時間以腳尖輕輕點彈，陸文軒接上，刻意把球一搓一溜，讓皮球落在從後趕上的祖雲尼，巴迪和梁兆偉兩位晨曦球員同時飛剷攔截，祖雲尼在對方雙腿剷到之前，右腳及時一刺，把球傳到在右路邊線的元峰。雖然南華連番的傳球如行雲流水般順暢，但晨曦

全隊卻囤守在後方，令南華難越雷池半步……

「沒希望了，對方球員幾乎全守在禁區內，我還可以怎樣……」踩住了皮球的元峰，想到時間一分一秒的過去，心想絕不能浪費這最後機會，偏偏眼前卻毫無進路。他焦急地望着隊友，卻發現大家都全被堵住去路，就像被困在甲由屋的蟑螂，荒亂地尋找出路……驀然，他見到在禁區內，稍稍偏離球門的位置，一雙堅定的眼神投向自己——正是阿強。

只見他自信地拍拍自己的胸口，然後以誇張的口形，無聲地吐出四個字：「裂．蹴．折．射！」

當然，球場上沒有人留意他的舉動，即使有，亦不明白，惟獨元峰卻清楚他的用意：「沒錯！每當我用盡全力抽射，阿強彷彿是一塊磁鐵，皮球總會踢中他，從而出現意外的入球！」

「但怎能這麼兒戲？」元峰又想：「『裂蹴折射』不過是隊友的胡謅逗樂，怎能當真？」

「射吧！白癡！還在猶豫什麼——」阿強見元峰如電腦「當機」般呆住，咆哮大叫，元峰果然回神，看到大鐘指針早已走到盡頭，晨曦的兩名守將正衝過來攔截，眾隊友亦被困在死胡同……他不容細想，惟一可以做的，就只有使出自己也覺得荒唐的絕招「裂蹴折射」……

元峰雙腿運勁，迸裂黃河支流般的青筋，在高高提起後腿之時，心裏真的如漫畫主角般默念着「裂・蹴・折・射——!!!!」

「嘭」的一聲巨響，皮球的速度就如隕石掉落在地球般高速。元峰一如以往，以門球為目標，但不知怎的，一種不可思議的引力，竟然再次在元峰和阿強之間出現！阿強嘗試側身閃避，但皮球仍重重地擊中他的額角。阿強眼前一黑，倒在地上，但在眼皮閉上前一刻，他依稀看到皮球改變方向，正被反彈向球門遠處，而球場上眾人全都呆若木雞，不知作出什麼反應。跟着阿強含笑，昏倒在地……

「嘩——」

「吡吡吡——」陷入漆黑混沌的阿強，似有還無的聽到球迷的起鬨聲，還有球證的哨子聲，他想撐起眼皮，但腦袋仍處於九級地震的震央，完全不聽使喚。

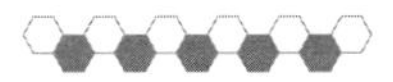

強！

不知過了多久，阿強才回復意識，撐開眼皮時，元峰正蹲在他身旁，他急不及待地問道：「追平了嗎？追平了嗎？」

「輸了，也許反彈的力量弱了一些，在白界線前，恰好被對方護門成功……」元峰緊握雙拳，失望的説。

「可惡……我可是冒着生命危險來接下你這記重擊，竟然無法換成入球？」阿強皺起慘白的臉説。

「對不起。」元峰説。

「我説過你不要留力的，你只要再狠勁一點，球速快一點，對方或許無法及時護門嘛……廢柴……」聽到阿強這麼説，元峰也即時苦笑説：「你這賤骨頭，我的確不能對你仁慈。」

雖然所有人都以為南華最後一記攻勢，只是元峰匆忙之下的亂射，因為誤中阿強，巧合地釀成驚險的場面，但元峰和阿強都知道，這是他們用默契和難以解釋的引力所發動的絕招。儘管最後還是失敗了，但他們沒有遺憾。

元峰扶起阿強，兩個失意的後備球員慢慢的往場邊走。然而球場內的紛亂聲音，漸漸由散亂變得整齊——「南華！南華！南華……」元峰和阿強抬頭一望，觀眾席

上不少人站起來，依循節奏，高喊「南華」。至於球場上的大屏幕，更定焦在他倆身上，投以「注目禮」。

「你踢得好好呀，戴元峰！」突然間，一把尖銳而熟悉的聲音傳來，元峰朝向聲音來源一看，原來是雪儀！她拉高嗓門叫喊着。只見她滿臉汗珠，頭髮濕漉成一束束，元峰感受到這四十五分鐘，她，原來一直不惜氣力的為自己助戰。元峰想走過去，隊友們卻在此時走上來，拉着他倆，「踢得好」、「叻仔」、「well done」之類的説話此起彼落，元峰還以招牌苦笑，並互相擊掌，算是在失敗中互勉支持。

「表哥！」元峰轉身看到渾身濕透的浩雲，咧出滿足的笑容：「你依然像小時候一樣厲害！」

「別説笑了，最後我還是輸給你。」元峰擺擺手説。

「對呀，表哥，今次是我正式贏了你，我真的很開心。你知嘛，我在學校或之後在日本時，人人都説我有很高的足球天分，但我始終認為你才是天才，所以我一直視你為追趕的目標，但上次我隨川崎前鋒跟你們踢練習賽，我很失望，你那時的水平簡直是摧毀了我多年的目標。及至今天，雖然只能跟你對戰半場，但我覺得真的很痛快！

因為你真的很厲害，簡直要把我自己還沒有發掘的潛能全逼出來！表哥，怎麼樣，今天我的表現能讓你踢得痛快吧……」

元峰笑說：「若果不計勝負，真的很痛快！」的確，最後賽果讓他真的很失望，但他感到激戰後，滾燙火熱的血液在體內流動，並沒有憤怒與傷害，就只有說不出的滿足感。

「下次吧！我相信你還有很多復仇的機會，當然我寧願跟你成為隊友呢！」浩雲笑道。

「嗯！一言為定！」元峰似乎忘記了，其實今場是他最後一次比賽……

全新去向

「我要拿獎牌，待會再跟你談！」元峰匆匆走近觀眾席跟雪儀交代一聲後，便走回隊友身邊。但見其他隊友眉頭深鎖，元峰反過來安慰道：「大家不用太沮喪，相信日後我們還有很多爭勝的機會。」

「你這樣想便太樂觀了……」想不到元峰的安慰話，竟招來這回應。

「為什麼？」元峰問道。

「你還不知道嗎？」馬志豪有點吃驚說：「之前有消息說，如果我們不能在銀牌賽奪冠，梁先生在來季就放棄注資球隊嘛！」

「我也有聽聞，但應該不是真的嘛……」元峰狐疑。

「豈會不是真的？上季球隊未能打入亞協杯賽事，梁先生都已經很失望，所以今仗告誡我們非勝不可，但現在真的輸了，恐怕他已感到意興闌珊。」馬志豪說到這裏，又是一聲嘆息。

「但大家已經這麼努力，這樣放棄球隊豈不是很可惜？」元峰失望地說。

當然這個疑問，除了梁先生解答外，其他人的答案都是徒然。

接過亞軍獎牌後，元峰與其他隊友匆匆的從頒獎台離開，讓冠軍的晨曦接受觀眾凱旋的道賀。此時一家電視台的記者，立時走近梁先生跟前做現場訪問。

「梁先生，對於今日南華的表現有什麼評價？」

「很好，大家也盡了力。」梁先生公式化的應道。

「聞說若果南華今仗未能取勝，你就會辭任球隊足主一職，請問真有其事嗎？」記者直接問道。

梁先生有點錯愕，笑說：「沒這回事。」

「但這場落敗之後，意味着南華可能連續兩年無緣踢亞協杯，有傳你覺得投資與成績不成正比而選擇退出呢！」記者的追問十分尖銳。

「在失敗的時候才退出，這樣太窩囊了，我一定不會這樣做。」梁先生說得輕描淡寫，可是元峰覺得這句話，

多少也是衝着自己而來。

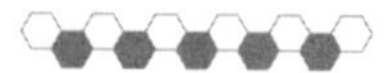

不知過了多久……

「喂！」元峰回頭一看，才發現梁先生已經完成訪問。他說：「今天有沒有似曾相識的回憶？」

「什麼回憶？」元峰摸不着頭腦。

「就是六年前你在麥花臣球場，全場觀眾為你精彩的表現而喝采的回憶。」梁先生說。

元峰莞爾一笑：「一點點吧！但實在遙遠得有點陌生。」

「也不錯嘛，能夠在最後一場留下美好的回憶。」梁先生拍拍他的肩頭，跟着離開更衣室。

看着梁先生的背影，元峰深深吸了一口氣，鼓起勇氣說：「我想辭職，我想繼續踢球！」

梁先生回頭，稀奇的說：「什麼？就是因為踢了一場像樣的球賽，你便以為自己的天分回歸嗎？」

「不，我並沒有這樣想！以往太多失敗的經驗令我害怕足球，但今日我終於體驗到只要傾盡全力比賽，就算輸了亦不應沮喪；今日雖然我又輸了，但不知怎的，這刻我竟然興奮 —— 我很渴望比賽，恨不得立刻繼續比賽，爭取勝利！」

元峰或許自覺實在忘形，尷尬地補上一句：「對不起，我也不知自己在説什麼。」

梁先生展露欣慰的笑容，但嘴裏還是故意刁難：「我怕你他朝遇到低潮時，又想半途而廢……」

元峰趨前焦急的説：「不！不！我絕不會半途而廢，尤其是我剛才聽到你的鼓勵……」

「我？我何時鼓勵你？」梁先生滿臉問號。

「你剛才接受訪問，不是説若果失敗時，選擇退出是窩囊的行為嗎？你明明已一把年紀，但面對挫敗還沒有放棄足球夢；我才二十出頭，實在不應該裝作老練，説要為生活放棄理想云云……」説着説着，元峰覺得氣氛有點不對勁，他瞟了一瞟梁先生，發覺他正狠狠的怒視着自己。

「什麼『一把年紀』？你不過二十多歲，但已經不想活了，對嗎？」梁先生極為陰森的説。

「不不不！我……我不是這個意思……」元峰結結巴

巴的賠罪。

梁先生擺擺手説：「你這小子，竟然連老闆也敢開罪，看來不讓你受點教訓也不行。想反口再當足球員嘛，讓我先想想吧！遲一點再回覆你。」

元峰愈聽愈急，苦苦纏着梁先生：「不要戲弄我嘛……」

只見梁先生連連笑了幾聲：「年輕人難免要受點教訓……」看到元峰如被雷電擊中般震驚，梁先生笑得更凶。

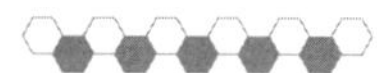

輸了比賽，沒有慶功的餘興，元峰相約雪儀在大球場的閘門外等候，她的汗珠已抹乾，但面上的疲累卻抹不掉，元峰取笑説：「嘩！怎麼你的樣子比我還要累？你剛才在觀眾席上賣雪糕、啤酒嗎？」

雪儀狠狠的打他：「你真是欠揍！你根本不知道，剛才我為你打氣時如何落力！」

「我知道，我看到。」元峰收起笑容，認真的説。

「你説謊！你怎會見到？」雪儀大發嬌嗔。

「你不知道嗎？球場內的攝影師捕捉到你歇斯底里為我打氣的一幕嘛，全場觀眾也在球場的大屏幕看到……」

「什麼?!」雪儀晴天霹靂的瞪大雙眼：「哎呀！羞死人了！怪不得剛才身邊的觀眾總是用奇怪的眼光看着我！一切只怪你呀！」接着，又是連番搥打元峰。

「但那刻全靠你叫我起來不要放棄，我突然覺得滿有力量呢！」聽到元峰這樣説，雪儀漲紅了臉，垂頭應道：「哪有……這麼誇張……」

「是真的！」元峰堅決的説，突然露出靦腆之色：「如果日後你還有時間，會再來看我比賽嗎？」

雪儀有點疑惑：「還有什麼比賽？你不是已決定轉行嗎？」

「我想繼續踢球，我不想放棄！」元峰閃出堅定的眼神後，看到雪儀呆呆的望着自己，頓覺心虛，慌忙解釋道：「我是不是很不切實際？其實我不是只顧做夢，我會努力進修，即使日後退役，也會有其他方面的發展……」「慢着——」雪儀打岔道：「既然我的打氣，對你這麼有效，想我觀看你比賽？便視乎你的誠意了……」

「誠意？」

「當然啦！至少要包膳食管接管送提供完善福利兼工餘活動！」雪儀說時趾高氣揚。

「嘩！難怪我們這輩年輕人常被上一代說要求太多。」元峰搖頭說。

「好，那算吧！其實我對足球根本興趣不大……」雪儀索性別過臉，逕自走着，元峰自然急急賠笑，追上前說：「呵呵呵，說笑而已，說笑而已……你說怎樣便怎樣吧！星期日我在旺角球場踢球，你有沒有問題？」

「你這個算是約會嗎？」雪儀問。

元峰笑而不語。

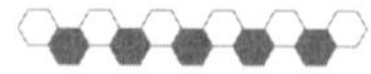

星期日的天氣很好，元峰抬眼望天，難得一見的蔚藍晴空。

「我覺得自己真的吃了大虧！」坐在身旁的阿強突然彈出這句話。

「吃什麼虧？」元峰回頭問道。

「以往我在預備組，是正選球員，你則是後備；但現在獲提升至甲組後，我竟然要和你一樣坐後備席，簡直是要我紆尊降貴……」阿強一臉不爽。

「廢話！我也要當後備，難道你這個只懂接受我的助攻，卻不能反過來為我製造機會的人可以擔任正選嗎？」元峰擺出一副戰鬥格搶白。

「你還好意思說這些話？你那些所謂助攻，不過是擊中我而改變皮球方向的幸運球而已……」阿強不忿地說。

「你還重提舊事？銀牌決賽當日，若不是你怕死，閃避過多，皮球肯定會滾進死角入網窩，說不定我們已成為奪冠英雄了！」元峰反唇相譏。

「嘩！這樣無恥的話，你竟敢說出口，只是講，你就天下無敵——」阿強駁斥。

「但說到去做，你卻有心無力嘛！」元峰針鋒相對，毫不客氣……

「喂！你們吵夠沒有？」培哥厲眼說：「元峰，阿強，你倆立刻上陣！因為卡路士和祖雲尼同時受傷，現在要換人！這趟與傑志一場大戰，我們一定不能輸！看看你們能否上演一場好戲！」

「沒問題！」元峰和阿強異口同聲地說，立刻從後備席上彈起來，雙眼露出要吞沒對手的眼神，誓要踢出我天地。